30일
완독 책방

30일
완독 책방

인생이 바뀌는 독서법 알려드립니다

조미정 (미료의 독서 노트)

블랙피쉬 Black Fish

책 한 권 끝까지 읽으면 정말 인생이 바뀝니다

재생 버튼 하나만 누르면 온갖 영상 콘텐츠에 접속할 수 있는 시대에 독서는 확실히 수고로운 취미 생활입니다. 그러나 세상에는 여전히 책을 좋아하는 사람이 많죠. 수고로움을 기꺼이 즐기는 분들입니다. 좋아하진 않지만 '책 좀 읽고 살아야 하는데' 하고 생각하는 사람도 많습니다. 수고로움을 갈망하는 분들입니다.

우리가 이토록 수고로움을 원하는 이유는 무엇일까요? 무엇이든 수동적으로 받아들이며 살기보다 적극적으로 거스르며 살 때 내 삶의 방향키를 쥘 수 있기 때문 아닐까요? 눕기보다 걸을 때, 걸을 때보다 뛸 때, 내리막길을 달릴 때보다 오르막길을 오를 때 힘은 비록 들지만 살아 있다는 기분을 느낍니다. 몸의 관성대로 살지 않고 마음의 중력을 거스르려면 어마어마한 의지력과 실천력이 가동되니까요.

책 읽을 마음을 내는 것은 운동하러 나가려고 신발 끈을 동여매는 것만큼이나 쉽고도 어렵습니다. 한번 일으키기만 하면 쉬운데, 한없이 눕고만 싶은 마음의 관성 때문에 어려운 일이 됩니다.

책의 첫 페이지를 펼쳤다고 해도 끝까지 제대로 완독하기란 쉽지 않고요. 여러 가지 이유가 있을 겁니다. 바빠서, 재미없어서, 눈이 침침해서, 글자가 머리에 안 들어와서, 자꾸 스마트폰을 집어 들게 돼서…. 이런 정황을 가늠해볼 때, 책 한 권 완독하고 싶다는 바람은 정처 없이 휩쓸리고 흔들리는 마음을 바로 세우고 싶은 의지가 아닐까 합니다. 1년에 책 한 권 읽지 않는 사람이 어느 날 완독의 수고로움을 기꺼이 택했을 때, 그의 마음엔 한 권의 책을 끝까지 읽겠다는 목표뿐 아니라 '인생을 바꿔보고 싶다'는 결의가 담겨 있으리라 생각합니다.

완독의 습관을 실천하는 동안 여러분의 삶은 분명 변화할 겁니다. 3년 전, 삶의 갈피를 잃고 헤매던 제가 책 읽는 재미를 느끼며 인생의 즐거움과 생각지도 못한 진로를 발견하게 된 것처럼요.

하루 15분, 책 읽을 여유를 내는 것만으로도 우리는 내 삶의 주인이 된 기분을 누릴 수 있습니다. '매일 책 읽는 꾸준한 사람'이라는 정체성을 획득하는 것만으로 자존감은 높아집니다. 완독이라는 작은 성취를 자주 누리다 보면 다른 일에 도전할 때도 자신감 있게 해낼 수 있습니다.

어두운 방 한구석의 외로운 독서가였던 제가 1,000명이 훌쩍 넘는 참여자를 보유한 온라인 독서 모임 운영자가 되고, 독서법에 관한 책을 쓰게 된 것처럼 여러분도 책을 읽으며 원하는 삶에 한 발 한 발 다가가면 좋겠습니다.

앞으로 30일 동안 여러분은 이 책과 함께 한 권 이상의 책을 완독하게 될 겁니다. 어떤 책은 뜻하지 않은 행운이나 평생의 인연을 만나게 해줄 귀한 안내자가 되고, 어떤 책은 마음의 깊은 수렁에서 벗어나도록 돕는 단단한 동아줄이 되어줄 겁니다. 새로운 일에 도전하거나 낯선 곳으로 모험을 떠나도록 기분 좋게 부추기는 책, 내 안의 미움과 분노, 혐오를 가라앉히고 세상과 타인을 바라보는 혜안과 통찰력을 길러주는 인생 멘토 같은 책도 만나게 될 겁니다. 책 읽는 경험 자체가 평생 잊지 못할 추억으로 남게 되기도 할 테고요.

《30일 완독 책방》도 그런 책 중 하나가 되기를 감히 바라며 글을 썼습니다. 책과 독서법에 관한 심오하고 철학적인 얘기보다, 완독의 경험이 선사하는 용기와 지혜에 관해 이야기하고 싶었습니다. 저처럼 평범한 독서가들이 부담 없이 적용하고 쉽게 실천해볼 수 있는 완독의 노하우를 나눠보려고 합니다.

자투리 시간을 이용한 완독법, 책이 잘 읽히지 않을 때 적용하면 좋을 독서법, 꾸준한 독서 습관을 만드는 데 효과적인 독서 기록법, 나 자신을 돌보며 세상과 건강한 관계를 맺는 독서법, 독서로 글쓰기 실력을 향상시키는 법 등의 다양한 독서법을 소개해보겠습니다. 더불어 매일 저와 함께 가벼운 책 수다를 나누는 기분으로 글 마지막마다 실린 〈1일 PT〉를 수행하신다면 보다 즐겁게 독서 습관을 만드실 수 있을 겁니다.

독서법을 설명하기 위해 인용된 모든 책은 삶에 대한 저의 태도와 마음가짐을 바꿔놓은 '인생 책'이니, 완독할 책을 고르실 때 참고하셔도 좋습니다.

좋아하는 단골 책방에 가서 마음을 쉬듯 30일간 매일 한 챕터씩 천천히 읽어보기를 권합니다. 그러는 동안 읽지 않고 쌓아두기만 했던 책을 얼른 읽고 싶어 여러분의 엉덩이가 들썩거린다면 좋겠습니다.

그럼 오늘부터 30일 동안, 완독이라는 수고로움을 즐겁게 누릴 때 어떤 크고 작은 기적이 벌어지는지 저와 함께 살펴보겠습니다.

준비되셨나요?

2022년 3월

조미정

차례

1장

완독 훈련 WEEK1

완독 책방에 오신 것을 환영합니다

완독 훈련 WEEK2

2장 먼저 가볍게 책과 친해져볼까요?

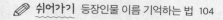
완독 훈련 WEEK3

3장 펜과 노트를 들고 내게 맞는 독서법을 찾아봅시다

완독 훈련 **WEEK 4**

삶의 무기가 되어주는 독서를 시작해봅시다

완독 훈련 WEEK5

5장

읽기가 쓰기로 이어지는 마법을 경험해보세요

완독 훈련 WEEK 1

완독 책방에 오신 것을 환영합니다

독서력과 취향을 점검해보세요

본격적인 독서 트레이닝에 들어가기에 앞서, 이 책 첫 페이지를 펼친 여러분을 상상해봅니다. 호기롭게 책을 펼치지만 얼마 못 가 졸음이 몰려오는 분, 분명 책을 읽었는데 내용이 기억에 남지 않아 고민인 분, 취향에 맞는 책을 고르는 데 매번 실패하는 분, 책 읽는 건 싫은데 이상하게 사는 건 좋아하는 분, 삶이 바쁘고 피곤해서 책 읽을 시간이 없는 분…. 앞으로 어떻게 가이드를 해드리면 좋을까요 (그나저나 이 책부터 일단 완독하셔야 할 텐데요).

고민 끝에 우선 여러분의 독서력을 점검해보기로 했습니다. 책을 끝까지 읽기 힘들어하는 원인을 함께 찾아보도록 해요. 첫 번째로 책 읽는 속도를 체크해보겠습니다. 성인의 평균 읽기 속도는 분당 250~400자 정도라고 합니다. 이보다 느리다고 해서 좌절할 필요도, 빠르다고 해서 자만할 필요도 없습니다. 여러분이 분당 몇 글자를 읽을 수 있는지 미리 파악하면 하루치 독서 계획을 세우는 데 도움이 될 거예요.

그럼 지금부터 스톱워치를 켜고 다음 문단을 읽는 데 얼마나 걸리는지 시간을 재보겠습니다. 준비되었나요? 시작합니다!

1단계 독서 속도 테스트

✔ 스톱워치를 켜고 아래 문단을 읽어보세요.

선생님을 알게 된 것은 가마쿠라에서였다. 그때 나는 아직 어린 학생이었다. 여름 방학을 이용해 해수욕을 간 친구에게서 꼭 와 달라는 엽서가 도착했기 때문에, 나는 약간의 돈을 마련해 가보기로 했다. 그 돈 마련에 2~3일이 걸렸다. 그런데 가마쿠라에 도착하고 사흘도 안 된 참에 나를 불러들인 그 친구는 갑자기 고향에 돌아오라는 전보를 받았다. 전보에는 모친이 병환이 나셨으니, 라는 이유가 적혀 있었지만 그 친구는 믿지 않았다. 이전부터 고향의 부모님이 내키지 않는 결혼을 강요했기 때문이다. 그는 요즘 세대의 유행으로 보면 결혼하기에는 아직 어린 나이였다. 게다가 가장 중요한 상대 여성이 마음에 들지 않았다. 그래서 여

름 방학에 당연히 고향에 내려가야 하는데도 일부러 피하며 도쿄 근처에서 놀고 있었던 것이다.[*]

🕐 **걸린 시간:** _ _ _ _ _ _ _

참고로 이 글은 나쓰메 소세키의 《마음》이라는 중편소설 중 일부입니다. '사람이 싫다' '누구도 믿을 수 없다'는 생각을 자주 하는 분께 권해드리고 싶은 책이에요. 바깥을 향하던 마음의 발길을 내 안으로 돌리게 만드는 신중한 책입니다. 물론 이 책 한 권 읽는다고 갑자기 미워하던 사람을 사랑하게 되지는 않습니다만, 내 안의 미움을 해소하는 데는 도움이 될 겁니다.

나쓰메 소세키의 작품은 노벨 문학상 수상자 오에 겐자부로나 가와바타 야스나리에게도 영향을 끼치며 일본 현대문학의 뿌리라는 수식어를 달고 있습니다. 권위와 명성의 무게에 비해 의외로 술술 재미있게 읽혀요. 그래서 앞의 문단을 수월하게 읽었을 수도 있고, 소설이 친숙하지 않은 분은 오래 걸렸을 수도 있겠네요. 책 이야기는 여기까지 하고 이제 결과를 살펴볼까요?

---

[*] 나쓰메 소세키 지음, 《마음》, 열린책들, 2022

- **15~30초** : 거침없는 속독가. 앉은자리에서 책 한 권 뚝딱, 끝내실 수 있겠어요! 빨리 읽는데도 완독하기 어렵다면 속도와 독서량에 집착하느라 책 내용에 제대로 집중하지 못할 수도 있겠네요. 속독보다는 숙독을 권합니다.

- **40초~1분** : 성실한 통독가. 본인만의 리듬으로 차분하게 독서를 하고 계시네요. 이 페이스를 계속 유지하면서 책 완독률과 독서량을 늘려보면 좋겠습니다.

- **1분 이상** : 신중한 숙독가. 저는 여러분처럼 느리고 신중한 사람을 좋아합니다. 성질이 급한 탓에 '천천히'란 말을 불교 주문 만트라처럼 외고 다녀요. 다만 '빠르게'는 아니어도 효율을 위한 리듬감은 필요합니다. 읽는 속도가 늘어지면 나도 모르게 잠이 오거든요. 읽기에 조금 더 탄력을 붙여봅시다.

2단계 독서 이해력 테스트

독서력 테스트 두 번째는 주관식입니다. 아래 여섯 개 질문에 답해보세요. 단, 앞 내용은 다시 읽지 않기로 해요(읽으면 반칙입니다. 제가 지켜보고 있어요!).

✔ 여러분의 이해력과 기억력에만 의지해 질문에 답해주세요.

1. '나'의 직업은 무엇인가요?

2. 친구는 왜 가마쿠라에 머물러 있었나요?

3. '나'가 친구의 연락을 받고 바로 가마쿠라로 떠나지 못한 이유
   는 무엇이었나요?

4. 친구는 현재 어떤 상황에 놓여 있습니까?

5. '나'가 생각하기에 친구의 문제는 무엇입니까? (두 가지)

6. '나'가 가마쿠라에서 새로 알게 된 사람은 누구인가요?

- **5~6개:** 집중력, 문해력, 기억력까지 뛰어난 열정 독서가. 1일 1
  책 완독도 문제없을 듯하네요.

- **2~4개:** 책을 읽고 나면 기억에 남는 게 별로 없지만 어쨌든 당신
  은 성실 독서가. 독서법을 점검해볼 때입니다.

- **0~1개:** 활자에 익숙하지 않은 초보 독서가. 30일 동안 성실 독서
  가, 열정 독서가로 거듭나봅시다.

1번 테스트 결과 속독가라고 나왔지만, 2번 문항을 풀었을 때 제
대로 이해한 내용이 없다면 읽는 속도를 늦출 필요가 있겠지요. 반
면 모든 문항을 맞혔지만 읽는 속도가 너무 느려 독서에 재미가 붙
지 않는다면, 읽기에 속도를 붙이는 법을 고민해볼 수 있겠습니다.

속도도 느리고 이해력도 조금 부족한 것 같다고요? 괜찮아요. 이 테스트는 아무런 공신력이 없습니다. 제가 방금 만든 거거든요. 하지만 결과를 바탕으로 앞으로 제가 소개해드릴 다양한 독서법을 적용한다면 여러분만의 방식을 찾아나갈 수 있을 거라고 생각합니다. 그러기에 앞서 일단 여러분이 어떤 종류의 책을 좋아하는지 알아볼까요?

3단계 독서 취향 점검하기

✔ 자신에게 해당하는 문장에 체크해보세요.

❶ --

☐ 사회 이슈에 관심이 많아 뉴스를 자주 본다.

☐ 새로운 걸 배울 때 일상의 활력을 느낀다.

☐ 존재, 삶의 의미에 대해 생각할 때가 많다.

☐ 어떤 고민을 하든 항상 본질을 중요시한다.

☐ 철학, 예술, 과학, 역사 등 다양한 분야의 지식을 접하고 싶다.

❷ --

☐ 감정이입, 공감 능력이 높은 편이다.

☐ 남들은 잘 하지 않는 엉뚱한 공상을 좋아한다.

☐ 자아 성찰, 자기반성의 시간을 통해 치유된다.

☐ 영화, 드라마를 즐겨 보며 다른 사람과 감상 나누길 좋아한다.

☐ 타인의 일상에 관심이 많고 장점을 배우려고 한다.

❸ --

☐ 커리어, 일에 대한 욕심이 비교적 많은 편이다.

☐ 일을 할 때 계획, 목표를 세우면 에너지가 생긴다.

☐ 현재 이루고 싶은 목표와 꿈이 명확하다.

☐ 성공한 사람들의 경험담, 노하우를 듣는 게 즐겁다.

❶ 문장에 체크를 많이 했다면?

지적 호기심이 충만한 당신! 인문학 서적으로 독서 습관을 만들어보세요. 어려운 고전을 택할 필요는 없습니다. 요즘에는 대중의 눈높이에 맞춰 강의하듯 풀어 쓴 인문 서적이 굉장히 많아요. 역사와 철학, 심리 등 좋아하는 주제의 책을 골라보세요.

❷ 문장에 체크를 많이 했다면?

감성과 상상력이 풍부해 타인의 이야기에 깊이 공감하는 당신. 문학과 에세이 장르에 이미 열중하고 있을지 모르겠네요. 독서 모임에 참여해 다양한 사람들과 감상을 나누며 읽어보세요. 독서에 깊이가 더해질 거예요.

❸ 문장에 체크를 많이 했다면?

성장과 변화를 추구할 때 활력을 느끼는 당신. 현실에 직접 적용해볼 수 있는 실용적인 책을 좋아할 가능성이 큽니다. 투자, 커리어 계발, 인간관계, 습관 만들기 등 다양한 자기 계발서에 흥미를 느끼지 않을까 싶네요.

자, 그럼 앞의 결과를 바탕으로 여러분이 30일 동안 어떤 책을 읽으면 좋을지 책 위시 리스트를 만들어볼까요?

책을 고를 때 이렇게 해보세요

1. 이번 주말에 도서관이나 동네 서점, 북 카페를 방문하면 어떨까요? 도서관 사서나 책방 사장님의 안목을 믿고 그들이 추천하는 책을 한 권씩 읽어보면서 여러분만의 책 취향을 발견해보세요. 앞뒤 재지 않고 내가 보기에 예쁜 책을 구입해보는 것도 방법입니다. 설령 그 책이 내 취향이 아니라고 해도 예쁜 책은 소장하면 기분이 좋아지니까요.

2. 온라인 서점의 책 '미리 보기' 기능을 활용합니다. 미리 보기가 끝났는데 더 읽고 싶어지는 책이라면 주저 말고 구매하세요.

3. 책 관련 인플루언서나 출판사 소셜 미디어 계정을 팔로해 책에 관련된 다양한 정보를 얻으세요.

4. 온라인·오프라인 북 클럽에 참여해보세요. 마음이 잘 맞는 북 클럽 회원들과 서로 읽은 책을 공유하다 보면 어느새 1년 치 위시 리스트가 만들어질 겁니다.

 마인드셋

책 읽을 시간이 없다는 당신에게

'시험만 끝나면, 회사만 때려치우면, 애 키우고 여유가 생기면 하루 종일 책만 읽어야지!'

30일 완독 훈련에 들어가기 앞서, 이런 다짐을 하고 계신 분들이 있겠죠. 하지만 은하계처럼 무한한 시간이 있어도 책 읽을 시간을 내기란 쉽지 않습니다. 저도 회사 그만두면 책을 100권쯤 읽어야겠다고 별렀는데 막상 퇴사하고 나니 책이 읽기 싫어지는 마법을 경험했습니다. 책을 읽고 싶었던 게 아니라 그저 회사를 빨리 그만두고 싶었던 거죠.

진심으로 좋아하는 일은 없는 시간을 쪼개서 하게 됩니다. 이제 막 연애를 시작한 한 쌍의 커플을 떠올려보세요. 야근과 주말 근무까지 정신없이 바빠도 사이사이 남는 시간을 발굴해 어떻게든 1분이라도 만나잖아요. 그렇게 만나면 서로가 더욱 소중하고 애틋하게 여겨지고요. 반면 '시간이 없어서'라는 핑계를 대며 만남을 피하는 애인은 어떤가요. 시간이 없는 게 아니라 마음이 없을 확률이 높죠. 나 말고 애인이 한두 명 더 있을 가능성도 점쳐봐야 합니다. 물론 언제나 그런 것은 아니지만요.

'책을 읽어야 하는데 시간이 없다'는 생각은 무심한 애인의 태도와 닮았습니다. 시간 관리란 결국 마음 관리입니다. 시간은 항상 그 자리에 있어요. 내가 없다고 여기는 거죠. 여기까지 읽고 여러분은 판단을 하셔야 합니다. 나는 정말로 책을 읽고 싶은가, 아닌가.

어떻게든 시간을 쪼개 책을 읽고 싶다면, 진심으로 책을 읽고 싶다면, 독서 습관을 만들기 위한 5가지 마음 관리법을 먼저 알려드리겠습니다. 여러분의 마음가짐을 새로 다지면서 독서를 향한 열정과 의지에 불을 지펴보기로 해요. 마인드셋을 바꾸면 실현 가능한 독서 계획과 목표를 세울 수 있습니다.

마인드셋 ❶
독서를 공부로 여기지 않는 마음

얼마 전 우연히 본 어느 TV 프로그램의 한 장면입니다. 아이와 서점에 책을 사러 가는 길, 엄마는 아이에게 신신당부를 합니다.

"판타지 소설은 안 돼. 공부에 필요한 책만 사는 거야."

'공부에 필요한 책'이 대체 뭘까요? 문제집 사서 시험 점수 잘 받아봐야 고작 좋은 대학 가는 게 다잖아요. 하지만 판타지 소설을 읽으면 아이가 미래에 《해리포터》 시리즈 같은 시나리오를 써서 막대한 부와 세계적 명성을 얻을 확률이 생기죠. 독서를 학문으로 여기는 태도는 순수한 즐거움을 느껴보기도 전에 책에 질리게 만듭니다.

혹시 여러분 내면에 '판타지 소설은 안 돼. 내 인생에 도움이 되고 공부가 되는 책만 봐야 해'라고 주장하는 자아가 있다면 가볍게 무시하세요. 한번 손에 쥐면 놓을 수 없는 책부터 시작해보세요. 무협지, 판타지 소설, 로맨스 소설부터 시작해도 괜찮아요. 페이지가 술술 넘어가야 독서가 즐거워집니다. 즐거워지면 아침에 눈 뜨자마자 책 보고, 밥 먹으면서 책 보고, 걷는 동안에도 책 보게 돼요.

마인드셋 ❷
무엇이든 궁금해하는 마음

물론 세상에는 학문을 좋아하는 사람도 존재합니다. 공부가 너무 재밌어서 주경야독晝耕夜讀, 아니 주독야독晝讀夜讀 하는 희귀한 인간군이 있습니다. 여러분도 이런 앎의 기쁨을 누려보고 싶으신가요? 그렇다면 지금 당장 스스로에게 이 질문을 던져보세요. '나는 무엇을 궁금해하는 사람인가?'

궁금해하는 마음이 책을 읽게 합니다. 신은 정말 존재할까. 우주는 얼마나 넓을까. 인간은 왜 전쟁을 할까. 100년 뒤 세상은 어떻게 변할까. 사람은 죽으면 어떻게 될까. 이런 방대한 주제가 부담스럽다면 범주가 좀 더 좁은 호기심도 괜찮습니다. 직장 상사와 잘 지내는 법, 마카롱 만드는 법, 글 잘 쓰는 법처럼요. 나에게 어떤 공부가 필요한지, 어떤 분야의 학문을 좋아하는지, 무엇을 더 배우고 싶은지 객관적으로 파악하고 나면 책을 고르는 데 도움이 될 거예요. 세계사를 좋아하고 더 배우고 싶은데, 부족한 지식을 채워 넣겠다고 관심도 없는 천문학 책부터 펼치는 일은 하지 마세요. 뭐든지 궁금해야 읽게 됩니다.

마인드셋 ❸
미루지 않는 마음

여기까지 읽고도 '나는 정말 시간이 없다'고 이야기하신다면 다시 여쭤볼게요. 하루 24시간 중 15분의 여유도 없을까요?

없다면 스스로에게 이런 질문을 해볼 필요가 있습니다. 나를 위해 하루 15분을 낼 여유도 없는 지금, 제대로 살고 있는 걸까, 나는 뭘 위해 살고 있을까, 하고요.

일단 이 문제를 해결한 후 하루 중 물리적, 심리적으로 가장 여유 있는 시간이 언제인지 살펴봅니다. 점심 식사 후, 퇴근길 지하철 안, 잠들기 직전일 수 있겠죠. 그 시간을 독서 시간으로 못 박아두는 거예요. '일요일엔 하루 종일 집에서 책만 읽어야지' 하는 식의 다짐은 지키지 못할 확률이 높습니다. 추상적인 계획일수록 쉽게 무너져요. 숙제처럼 미루다 한번에 몰아서 하는 실천일수록 지속하기 어렵고요. 운동도 그렇잖아요. 어쩌다 한번 서너 시간씩 하는 것보다 10분, 20분이라도 매일 하는 게 훨씬 좋다고요. 물리적 시간은 있지만 심리적 여유가 없다면 책 표지만이라도 감상하는 시간을 가져보세요. 하루 단 10초라도 책과 가까이하다 보면 자연스레 책을 읽게 될 겁니다. 믿어보세요!

마인드셋 ❹
'이왕이면' 하는 마음

현대인의 시간 관리를 방해하는 건 역시 스마트폰입니다. 그런데 저는 독서 마인드셋에 스마트폰과 소셜 미디어를 활용하는 것을 추천드립니다. 책을 읽을 때만큼은 스마트폰을 잠시 꺼두는 게 가장 좋겠지만, 헤어나올 수 없다면 역으로 더 빠져 들어가보는 겁니다. 전자책을 읽는 거예요.

저 또한 여러분과 비슷한 스마트폰 중독자입니다. 유튜브, 블로그, 인스타그램, 트위터를 한 바퀴 순회하면서 하루를 시작하죠. 그러다 어느 순간 의미 없이 그 세계에서 배회하고 방황하고 있는 듯한 느낌이 퍼뜩 들 때가 있어요. 그럴 때 저는 얼른 전자책을 켜서 읽습니다. 어차피 스마트폰을 손에서 놓지 못할 거라면 책이나 한 줄 더 읽자는 심정으로요.

스마트폰을 전자책 리더기로 활용한다면 매일 10분, 15분 책 읽기가 더 쉽게 느껴지실 거예요. 여기에 더해 책을 읽고 좋아하는 글귀를 소셜 미디어에 공유해봅니다. 여러분이 독서에 관심을 갖게 됐다는 사실을 알아챈 똑똑하고도 무서운 알고리즘이 더 깊은 독서의 세계로 인도해줄 겁니다.

마인드셋 ❺
현재에 집중하는 마음

'앞으로 인생을 어떻게 살까' 생각하면 까마득합니다. 대신 '오늘을 어떻게 살까' 고민하면 사는 게 한결 쉬워지지요. 독서 계획도 그렇게 세워보면 좋겠어요. 죽기 전에 읽어야 할 책이 아니라, 당장 오늘 읽고 싶은 책 제목을 노트에 적으세요. 그런 다음 그 책을 한 달 안에 완독하기 위해 읽어야 할 하루치 분량을 계산해봅니다.

가령 300페이지 책을 완독하려면 하루에 10페이지만 읽으면 되겠죠. 이렇게 생각하면 1,000페이지의 책도 하루에 30페이지 정도만 읽으면 됩니다. 30페이지를 앉은자리에서 다 읽을 필요도 없습니다. 아침에 화장실 변기에 앉아서 10페이지, 점심 식사 후 디저트를 먹으면서 10페이지, 잠들기 전 침대에서 10페이지씩 읽어도 무방합니다. 완독을 위한 목표는 세워놓되, 오늘의 계획에 집중하다 보면 숨 쉬듯 자연스럽게 독서 습관이 생길 거예요.

여러분이 독서 계획과 목표를 구체화할 수 있도록 내일은 '리딩 트래커'를 소개해드리겠습니다. 그 전까지 오늘은 독서를 향한 마음가짐을 정리해보기로 해요.

여러분의 독서 마인드를 정리해봅시다.

1. 여러분이 최근 궁금해하는 것, 더 배우고 싶은 분야는 무엇입니까?

2. 하루 중 독서를 위한 최적의 시간은 언제입니까?

3. 나의 한 달간 목표 독서 시간을 정해봅시다.

　· 일일 목표 독서 시간:
　· 일일 목표 독서 분량:

습관 처방 ①

완독의 비결, 리딩 트래커

인도의 대승불교 초기 경전 《대지도론》에 '적습성성積習成性'이라는 말이 있습니다. 습관이 쌓이면 본성이 된다는 의미입니다. 이 말의 뜻을 헤아리다 보면 '세 살 버릇 여든까지 간다'는 속담을 만든 사람에게 소심하게 따지고 싶어집니다. 세 살 버릇 여든 전에, 아니 여덟 살 전에 바꿀 수도 있다고요.

아무리 책과 담쌓아온 사람도 일단 재미를 붙이면 열혈 독서가가 될 수 있다고 믿습니다. 하지만 책을 멀리해온 관성을 극복하려면 적지 않은 시간이 걸리겠죠. 제가 지금부터 알려드리는 '리딩 트래커Reading Tracker'를 활용한다면 습관 들이는 시간을 단축할 수 있을 거예요. 저는 리딩 트래커를 쓰면서 사놓고 읽지 못한 책을 다 읽었고, 작년 한 해 100권 이상의 책을 완독했습니다. 아, 그런데 '리딩

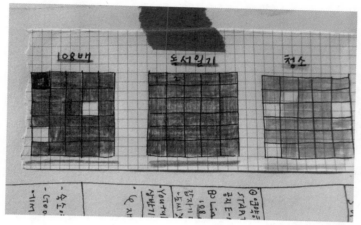

트래커'가 뭐냐고요?

리딩 트래커란 '해빗 트래커Habit Tracker'의 하위개념입니다. 우선 해빗 트래커는 몇 년 전부터 유행한 데일리 챌린지의 아날로그 기록이라고 보시면 돼요. 어린 시절, 포도송이가 그려진 종이에 착한 일을 할 때마다 보라색 스티커를 붙여본 적 있죠? (칭찬 스티커 하나를 얻기 위해 평소에 안 하던 짓을 하면서 부모님이나 선생님에게 알랑방귀를 뀌느라 애쓰던 기억이 나네요.)

아무튼 해빗 트래커는 '성인 버전의 칭찬 스티커'라고 이해하면 쉽습니다. 성취감과 보상 심리를 자극해 습관을 만드는 거죠. 자신의 상황과 목표에 맞게 직접 양식을 만들어 사용한다는 점이 재미있어요. 위의 〈사진1〉은 제가 사용했던 해빗 트래커 양식입니다.

굉장히 간단하죠? 저는 목록에 108배와 명상, 독서, 청소를 넣었습니다. 30칸의 표를 만들어 실천할 때마다 매일 색칠했어요. 하나씩 실천할 때마다 색칠하는 일은 생각보다 매우 높은 성취감을 느끼게 해줍니다.

여러분도 독서, 운동, 수면, 식단 등 다양한 목록을 트래커에 넣어 하루하루 건강한 루틴을 설계해보세요. 참고로 유튜브나 구글 이미지 검색창에 해빗 트래커를 검색하면 다양한 양식을 찾을 수 있습니다. 해빗 트래커 노트도 따로 판매하지만, 여러분이 직접 노트에 그려보는 걸 권해요. 나에게 가장 잘 맞는 해빗 트래커를 만들 수 있으니까요.

리딩 트래커 만들기

자 이제 눈치채셨죠? 해빗 트래커 목록에 '독서'를 넣으면 그대로 리딩 트래커가 됩니다. 앞서 말씀드렸듯 리딩 트래커는 무엇보다 자신에게 꼭 맞는 방식을 선택하는 것이 좋습니다. 단순히 매일 독서를 했다는 데 의의를 두고 체크할 수도 있고, 또 디테일한 목표 설정을 선호하시는 분이라면 책의 챕터 단위로 리딩 트래커를 만들고 체크할 수도 있습니다.

다음의 〈사진2〉는 아프리카계 미국인 작가로서 처음으로 유고

상 최우수 장편상을 수상한 N. K 제미신의《다섯 번째 계절》을 완독할 때 사용했던 리딩 트래커입니다. 총 23챕터로 이뤄져 있어 한 챕터씩 읽을 때마다 스티커를 붙였습니다.

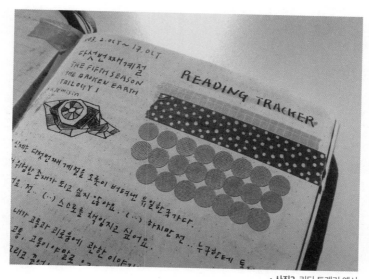

• 사진2 리딩 트래커 예시

리딩 플래너 만들기

리딩 트래커가 마음에 드셨다면 보다 업그레이드된 독서 기록법인 '리딩 플래너'를 작성해봅시다. 독서 계획과 목표, 결과까지 자세히 기록하는 방법인데요. 이 같은 꼼꼼한 기록은 목표를 실현하는 단단한 밑거름이 됩니다.

제가 주로 사용하는 리딩 플래너 양식은 〈그림1〉과 같습니다. 리딩 플래너 작성법은 다음과 같습니다.

리딩 플래너 작성법

1. 노트 상단에 30일간 읽기로 계획한 책 목록 'TBR To Be Reading'을 적습니다.
2. 가로형 막대그래프를 그려 30일간 읽을 책의 총 페이지 수를 적습니다. 특히 막대그래프 방식은 독서율을 가시적으로 확인할 수 있어 완독률을 높이는 데 효과적입니다. 동시에 여러 권의 책을 읽을 때도 매우 유용합니다.
3. 매일 읽은 분량만큼 색칠합니다. 500페이지의 책을 50페이지 읽었다면 10/1 만큼 색칠하세요.
4. 30일 칸으로 이루어진 리딩 트래커를 그립니다. 매일 책을 읽을 때마다 동그라미를 치거나 색칠하세요.
5. 위클리 리딩 리뷰칸에는 한 주간 읽은 책의 리뷰를 간단히 적습니다.

CCCCCCCCCCCCCCCCCCCCCC

May • TBR (To Be Reading)

- 《화폐혁명》 홍익희 외 440p
- 《넥스트 머니》 고란 외 576p
- 《가상은 현실이다》 주영민 352p

30일 목표: 경제경영서 읽기
Total 1,368 pages → 46p / A DAY

• READING TRACKER

1	2	3	4	5	6	7	8	9	10	11	12	13	14	15
16	17	18	19	20	21	22	23	24	25	26	27	28	29	30

• WEEKLY READING REVIEW

Week 1	암호 화폐에 대한 궁금증이 생겨 읽게 된 《화폐혁명》. 화폐 역사의 흐름에 따른 권력의 이동이 흥미로웠다.
Week 2	
Week 3	
Week 4	
week 5	

· 그림1 리딩 플래너 예시

제가 만든 리딩 트래커와 리딩 플래너, 어떤가요? 저의 귀여운 취미가 어쩌면 유치하게 느껴질 수도 있습니다. 하지만 다 큰 어른도 습관 들이기에서는 세 살 아이나 마찬가지더라고요. 여든까지 갈 좋은 습관을 만들려면 억지로 밀어붙이기보다 다양한 방법을 동원해 스스로를 살살 달래면서 재미있게 해야 합니다. 그런 면에서 기록만큼 즐겁고 유용한 게 없는 것 같아요. 어른이 되면 어디 가서 '우쭈쭈' 칭찬받기가 어렵잖아요. 성실한 일상의 흔적을 기록하고 스스로 칭찬해보면 어떨까요? 그러면 세 살 버릇 여든 전에 반드시 고칠 수 있습니다!

**여러분이 가지고 있는 노트에
나만의 리딩 플래너를 만들어보세요.**

1. 30일간 읽기로 계획한 책 목록을 적습니다. 한 권도 좋습니다.

2. 가로형 막대그래프를 그리고 책의 총 페이지 수를 적습니다.

3. 리딩 트래커를 그립니다. 30칸의 표를 그려 매일 책을 읽을 때마다 체크해주세요.

4. 위클리 칸을 널찍하게 그리고 한 주간 읽은 책 리뷰를 간단히 적습니다.

나만의 작은 서재 만들기

독서에 관심이 있는 분이라면 우아하고 조용한 서재에 대한 로망을 품고 계시리라 생각합니다. 저처럼 작은 아파트에 사는 평범한 사람들에게는 꿈같은 이야기지만요. 하지만 꼭 번듯한 공간이라야만 서재가 되는 건 아니라는 생각이 들어요.

일체유심조一切唯心造, 모든 건 해석하기 나름이죠. 엉덩이 하나 붙일 공간만 있으면 어디든 서재로 삼을 수 있지 않을까요?

인스타그램 정사각형 사진 사이즈에 들어갈 정도의 서재를 꾸며봅시다. 식탁 한쪽 귀퉁이, 3인용 소파의 맨 오른쪽 자리, 방 한구석의 작은 의자, 침대 옆 작은 탁상 등 약간의 민망함을 무릅쓰고 그곳을 서재라고 불러보세요. 그리고 작은 책꽂이를 여러분이 좋아하는 작가의 책으로 채워봅니다. 책꽂이가 아니라도 괜찮아요. 좁은 테이블에 북 스탠드를 이용해 대여섯 권의 책을 올려두는 것만으로도 나만의 작은 서재가 완성됩니다.

저는 침실 작은 테이블에 불교 서적 다섯 권을 항상 올려둡니다. 그중《부처님의 생애》라는 책의 표지는 불상 사진으로 디자인된 아름다운 책이에요. 바라만 보아도 기분이 좋아져 이미 여러 번 완독하게 된 책입니다. 테이블 앞에 앉아 아무 페이지나 펼쳐 읽고 마음에 와닿는 문장을 노트에 필사하곤 합니다. 최근엔 거실 소파 옆에 노란색 흔들의자를 하나 두었어요. 남편은 소파에서, 저는 그 의자에 앉아 함께 책을 읽는 시간이 참 좋더라고요. 의자 앞에 둔 작은 협탁 위엔 지금 쓰고 있는 원고에 도움이 될 만한 책을 무심하게 툭 놓아두었습니다. 요즘은 그곳이 제 서재거든요. 작은 조명등이나 문구로 귀여운 서재 분위기를 내는 것도 방법이에요. 핵심은 한 뼘 공간이라도 나만의 휴식처를 만드는 겁니다.

얼마 전 한 예능 프로그램에서 고아성 배우가 부모님 집에서 독립해 처음으로 스튜디오를 갖게 된 사연을 시청했습니다. 그곳에서 책을 읽고 필사도 하며, 대본 연습도 하고 악기 연주도 하더라고요. 지인을 초대해 파티를 열기도 하고요. 예술적 영감이 가득한 그 공간에는 '시정방'이라는 이름도 있었습니다. '시간과 정신의 방'을 줄인 거라고 해요. 거기서 힌트를 얻어 저의 아담한 서재에 '내가 있는 곳'이라는 이름을 붙여보았습니다. 내가 있는 곳은 작가들의 작가로 불리는 줌파 라히리의 작품 제목이기도 해요. 거리, 서점, 병원, 상점 등 다양한 장소에 머물며 떠오른 단상을 무려 이탈리아어로 적은 글이죠. 인도계 미국 작가가 제3의 언어로 오만 곳을 떠돌며 영감을 얻는 방식에 저도 영감을 얻었다고나 할까요. 작품을 읽는 동안 제가 자주 가는 공간이 생각났어요. 그곳에서 저는 항상 책을 읽었고, 그 모든 곳이 저의 서재라는 생각이 들어 작품 제목을 서재 이름으로 차용했습니다. 어쩐지 카페 이름 같기도 하고 마음에 들어요. 책을 읽다 보면 네이밍 같은 잔기술도 늘어납니다.

아무리 생각해도 이 방법이 안타까운 정신 승리처럼 느껴진다고 생각하는 분들도 계실 거예요. 그러면 더 넓은 공간을 활용할 방법이 있습니다. 밖으로 나가는 거예요. 매일 가는 공원이나 대학 캠퍼스 내 특정 벤치, 인적 드문 강변의 잔디밭, 동네에서 가장 큰 나무 둥치 아래에서 계절의 냄새를 맡고 자연의 소리를 들으며 책을 읽는 것만큼 복된 일이 있을까요.

저는 야외에서 책 읽는 사람을 볼 때마다 다가가서 말을 걸고 싶어집니다(여러분이 야외에서 책을 읽고 있는데 말을 걸면 저인 줄 아세요). 읽고 있는 책이 그의 마음에 어떤 파장과 동요를 일으키는지 묻고 싶어져요. 독서삼매에 빠진 평온하고 고요한 표정과 자태를 보고 있으면, 묻지 않아도 그 답을 알 것 같기도 합니다. 책을 좋아하는 사람은 책 읽는 사람과 사랑에 빠지기 쉬워요. 책 읽는 풍경을 창조해내는 '야외 독서가'야말로 인류 평화에 이바지하는 이라고 생각합니다. 실제로 책 읽는 사람은 많은 화가에게 영감을 주었죠. 그런 의미에서 독서는 그 자체로 예술 행위라고 할 수 있어요. 바깥에서 책을 읽는 것만으로 여러분은 한 점의 예술 작품이 될 수 있는 거예요.

아무리 고급스러운 서재가 있다 한들, 애정을 쏟지 않으면 장식물에 불과합니다. 하지만 아주 작고 소소한 공간이라도 관심을 가지면 활기가 돌죠. 제대로 된 서재가 없어서 독서를 하지 못한다고 애석해하기보다 단 1평이라도 공간을 내보는 여유를 가져보세요. 우리가 흔히 우러러보던 '서재'라는 공간의 이미지를 일단 흐트러뜨립시다. 책 읽는 공간이라면 응당 이래야 한다는 선입견을 무너뜨리면 눈길 닿는 모든 곳이 서재가 될 수 있습니다. 독서에 취미를 붙이려면 이 정도 창의력은 있어야 하지 않을까요? 여러분이 서재에 어떤 이름을 붙일지 무척 기대가 됩니다. 더불어 저와 여러분 모두 부자가 되어 건물 한 채를 서재로 만들기를 소원합니다.

오늘 여러분만의 서재를 꾸미고 이름을 붙여보세요.

아주 작은 공간이라도 좋습니다. 2단 책꽂이를 좋아하는 책으로 가득 채우는 것만으로도 충분해요. 좋아하는 작가의 이미지를 프린트해서 붙여놓거나 조명, 작은 식물, 아끼는 문구, 손글씨로 필사한 메모지 등으로 주변 공간을 채우며 독서 분위기를 조성해보세요. 이미 서재가 있다면 인테리어에 변화를 주는 것도 좋겠네요.

어렵지 않아요! 다독가의 길

책을 많이 읽는 것보다 한 권을 읽더라도 제대로 읽는 게 중요하다는 말을 들어보셨을 거예요. 읽은 책 권수에 집착하지 말라는 조언을 듣기도 하고요. 저도 이 말에 일부 동의합니다.

누군가 1년에 300권 이상의 책을 읽었다고 하면 그것이 과연 질적으로도 만족스러운 독서였을지 의문을 품게 돼요. 이런 궁금증을 해결하기 위해 한 달 동안 '1일 1책' 챌린지에 직접 도전해본 적이 있었어요. 300페이지 이상 되는 책 한 권을 매일 완독하기란 쉽지 않은 일이더라고요. 책 속 말들을 억지로 꾸역꾸역 집어넣는 기분, 언어로 혹사당하는 느낌이 들더군요.

'열 권의 책을 대충 읽는 것보다 한 권의 책을 제대로 읽는 게 항상 더 나은 독서법일까?' '다독의 경험 없이 한 권의 책을 제대로 읽는 노하우는 어떻게 얻을 수 있을까?' 저는 이렇게 생각합니다. 한 권의 책을 제대로 읽기 위한 독서 근력은 다독으로 만들어진다고요. 진정한 다독가는 정작 자신이 책을 얼마나 많이 읽는지 세지 않을 겁니다. 왜냐고요? 의미가 없기 때문이죠. 책에서 얻은 지식과 지혜가 사막의 모래 한 알 정도에 불과하다는 사실, 아무리 책을 많이 읽어도 세상엔 읽은 책보다 읽지 않은 책이 더 많다는 사실은 다독해야만 알 수 있어요.

여러분이 완독의 습관, 매일 읽는 독서 습관을 들이겠다고 결심했다면 할 수 있는 한 많이 읽으라고 권유하고 싶습니다. 다만 한 가지를 꼭 기억해야 합니다. 다독의 기준은 항상 상대적이란 사실을요. 내 기준에서 1년에 100권을 읽었다면 다독한 것 같지만 1,000권 읽는 사람이 보기엔 그렇지 않습니다. 그러니까 다른 사람들보다 많이 읽으려고 애쓰기보다 작년의 나보다 다독하는 사람이 되면 좋겠습니다. 지난해 책을 한 권도 읽지 않았는데 올해 열 권을 읽었다면 여러분은 다독한 겁니다.

저는 지난 3년간 온라인 독서·필사 모임을 진행하며 1,000명이 훌쩍 넘는 독서가들을 만났습니다. 모임에 참여한 분들과 대화하면서 알게 된 다독가의 특징을 간단하게 공유해볼게요. 당장 따라 하실 필요는 없습니다. 꾸준히 읽다 보면 저절로 다독가가 되실 테니까요. 다만 앞으로 소개할 독서법과도 연관이 있으니 미리 알아두시면 좋을 것 같아요.

다독가의 7가지 특징

1. 저자를 무조건 신뢰하지 않는다

공신력 있는 유명 작가, 내가 좋아하는 작가가 쓴 글이라도 언제나 동의하지 않는다. 지식과 정보, 노하우를 비판적으로 수용한다. 나와 생각이 다를 경우 다른 책을 읽으며 의문의 답을 찾아보기도 한다.

2. 책 내용을 자기 방식대로 소화한다

한 권의 책을 완독한 뒤 자신의 관점을 바탕으로 좋았던 점, 실망스러웠던 점 등을 구체적으로 설명할 수 있다. 기억에 남는 문장을 외우고 삶의 지침으로 삼기도 한다.

3. 책을 고르는 자기만의 안목이 있다

다독가는 책을 고르는 데 수많은 시행착오를 겪은 사람이기도 하다. 책 서문만 읽고도 자신의 독서 취향과 맞는지 파악할 수도 있다. 잘 알려지지 않았지만 훌륭한 작품을 발견하는 안목을 갖췄다.

4. 같은 책을 여러 번 읽기를 좋아한다

정말로 좋은 책은 여러 번 읽었을 때 진가를 발휘한다는 걸 안다. 처음에 읽었을 때는 미처 발견하지 못했던 부분을 발견해내는 재미를 느낀다.

5. 오프라인 서점을 애용하고 책은 구매해서 읽는다

책을 사랑하고 작가를 응원하는 다독가는 책을 구매할 때 출판 시장에 파생되는 긍정적 가치를 잘 안다. 책 내용뿐 아니라 구성, 편집, 디자인도 즐기고, 종이 냄새와 질감마저 좋아하기 때문에 서점은 그들에게 최고의 아지트. 그렇다고 해서 온라인 서점을 덜 이용하는 것도 아니다. 그들은 온라인 서점의 프리미엄 고객이고, 장바구니에는 항상 수십 권의 책이 쌓여 있다.

6. 도전 정신을 요하는 책을 좋아한다

마치 게임 고수가 더 어려운 게임을 찾아 나서듯 일부러 읽기 어려운 책에 도전한다. 완독하고 나면 레벨 업이라도 한 듯 뿌듯함을 느낀다.

7. 가방 속에 언제나 책이 있다

다독가에게 책은 스마트폰과 다름없다. 책을 들고 나갈 이유가 없는데도 가방 속에 넣어두지 않으면 왠지 불안하다. 대기 시간이

나 이동 시간에 항상 책을 읽는다. 읽지 않고 졸더라도 일단 무릎 위에 올려둔다.

다독 프로젝트, Books in My Bag

오늘부터 7일간 가방에 책을 넣고 다니는 습관을 길러봅시다. 꼭 읽지 않아도 괜찮아요. 가방 속에 책이 있다는 걸 인식하는 것만으로도 독서 습관을 만드는 데 도움이 되니까요. 해빗 트래커에 '가방 속에 책 넣고 다니기' 항목을 넣어서 체크해보면 좋겠네요.

DAY 5 습관 처방 ④
독서 지구력 키우는 법

독서에 깊이 몰입하려면 자기만의 리듬과 속도를 찾는 게 중요합니다. 마라톤과 비슷하다고 할 수 있어요. 장거리를 달릴 때 경쟁자가 나보다 얼마나 빠르게 뛰는지 고려하기보다 일단 내 페이스를 찾는 게 최우선인 것처럼요.

흔히 독서를 머리로만 한다고 생각하지만 관찰해보면 몸으로도 한다는 걸 알 수 있습니다. 쉴 새 없는 눈동자 운동, 감정 변화에 따른 얼굴 근육 운동, 책장을 넘길 때마다 하는 손가락 운동. 그뿐만 아니라 목, 어깨, 허리, 골반이 튼튼해야 장시간 독서를 할 수 있습니다. 독서란 체력이 따라주지 않으면 결코 유지할 수 없는 취미인 거예요.

솔직히 고백하자면 저는 체력도 집중력도 별로 좋지 않습니다.

앉은자리에서 꼼짝 않고 책을 읽을 수 있는 최대 시간은 40분 정도입니다. 아무리 흥미진진한 책을 읽어도 40분이 지나면 몸이 뻐근하고 주의가 산만해지더라고요. 이때 자리를 옮기면 독서를 지속할 수 있습니다. 침실에서 거실로, 집에서 카페로, 카페 안이라면 다른 테이블로요. 그러는 사이 차를 한잔 마시거나 스트레칭을 하고 바람을 쐬면서 잠시 뇌도 쉬게 합니다. 휴식을 마친 뇌는 다시 활기를 얻어 '읽어라, 오늘 처음 독서를 하는 것처럼' 모드가 되죠. 여러분도 독서 집중력의 마지노선을 직접 테스트해보세요. 한계 시간이 겨우 10~15분 정도라고 해도 실망하지 마시고요. 매일 달리다 보면 저절로 지구력이 늘어나듯 독서 지구력도 늘어날 테니까요.

제가 즐겨 쓰는 스마트폰 앱 중 '런데이'라는 운동 프로그램이 있습니다. 오래달리기 초보자를 위해 걷기와 달리기를 적절히 병행하도록 구성한 프로그램입니다. 2분 걷고 1분 달리는 식의 패턴을 몇 주에 걸쳐 반복하면서 걷는 시간을 줄이고 달리는 시간을 늘려가게 돼요. 8주 동안 그 프로그램을 성실히 수행하면 나도 모르는 사이 20분 이상을 쉬지 않고 달릴 수 있는 몸이 되더라고요.
'런데이'를 실행하면서 독서 또한 비슷하게 진행하면 좋겠다는 생각이 들었습니다. 가령 여러분의 집중력이 30분인데 매일 적어도 1시간 이상 독서를 하고 싶다면, 알람을 설정해두고 〈표1〉과 같이 계획을 짜보는 것을 추천합니다.

기간	목표 시간	결과
Week 1	10분 독서 - 3분 휴식 - 15분 독서	《사피엔스》, 유발 하라리 30페이지 읽음
Week 2	15분 독서 - 3분 휴식 - 15분 독서	
Week 3	30분 독서 - 5분 휴식 - 15분 독서	
Week 4	30분 독서 - 5분 휴식 - 10분 독서	

· **표1** 독서 지구력 키우기

    휴식을 취할 때는 가급적 스마트폰에 접속하지 않으면 좋겠습니다. 아시잖아요. 3분의 스마트폰 휴식이 금방 3시간으로 늘어난다는 걸요. 대신 책장을 잠시 덮고 차를 한잔 마시거나 좋아하는 문장을 곱씹어봅니다.

    '런데이'처럼 '리딩 데이' 같은 앱이 생기면 스마트폰을 이용해 독서 습관을 만들 수 있겠지만, 아직까지 그런 앱은 발견하지 못했네요. 여러분이 개발해보면 어떨까요? 제가 꼭 구입해서 사용하겠습니다. 스마트한 독서 코칭 앱이 등장하기 전까지는 알람 또는 타이머 기능을 이용해보세요. 스마트폰에 손이 덜 가도록, 오늘은 작은 타이머를 하나 장만해보면 어떨까요?

독서 집중을 도울 나만의 방법을 생각해보세요.

집중이 잘 되지 않을 때 저는 포레스트Forest 라는 앱을 이용합니다. 사용 방법은 간단해요. 최소 10분에서 2시간까지 집중 시간을 미리 설정한 후 '시작 버튼'을 누릅니다. 업무에 집중하지 못하고 다른 앱을 작동하면 나무가 시들어버려요. 반면 설정한 시간이 다 되면 나무가 자라 코인을 얻게 됩니다. 그 코인으로 다른 나무를 살 수 있고, 나무가 늘어나면 숲을 일굴 수 있습니다. 재미와 집중이라는 두 마리 토끼를 잡아봅시다!

전자책 vs 종이책

얼마 전 tvN 채널에서 방영한 〈책의 운명〉이라는 다큐멘터리를 우연히 보게 되었습니다. '종이책은 사라지게 될까' 하는 질문에서 시작된 프로그램이었는데 다른 내용은 잘 기억나지 않고, 어마어마한 양의 책이 폐기장에 바벨탑처럼 쌓인 장면이 강하게 남아 있습니다. 베스트셀러 작품도 예외는 없더라고요.

문득 제가 쓴 책의 운명을 생각하면서, 나는 얼마큼의 쓰레기를 생산했을까 헤아려보았습니다. 〈책의 운명〉을 보다가 제 책의 운명을 생각하니 갑자기 눈물이 눈앞을 가리네요.

종이 낭비 걱정은 제쳐두고라도, 저처럼 해외에 사는 분들이라면 특히 더 전자책을 선호하실 것 같아요. 해외에서 종이

책을 주문하면 책값보다 배송비가 더 많이 나오거든요. 그래서 저도 오래전 아마존 킨들로 전자책 리더기에 입문했습니다. 생각보다 편리한 구석이 많더군요.

전자책, 다다익선의 매력

일단 전자책은 한 손으로 들고 누워서 볼 수 있습니다. 프런트 라이트가 있어 잠들기 전 불을 끈 채 읽을 수 있어요. 스마트폰 LCD 디스플레이와 달리 전자 잉크는 눈을 덜 피로하게 하고요. 배터리가 10시간까지 지속된다는 장점도 있습니다(지금 여러분께 전자책 리더기를 팔려는 것은 아닙니다).

전자책 리더기는 무엇보다 휴대성이 장점인 만큼 여행 갈 때 유용해요. 여행지의 분위기에 따라 읽고 싶은 책이 다르잖아요. 무거운 책을 바리바리 싸 들고 갈 수도 없고요. 하지만 전자책 리더기에는 100권도 담아 갈 수 있죠. 내 서재를 통째로 들고 남극에도 갈 수 있는 거예요. 와이파이만 있다면, 언제든 새 책을 구매할 수도 있어요.

책값도 종이책보다 저렴합니다. 한 달에 1만 원 정도를 내고 수만 권의 책을 보유한 '리디북스'나 '밀리의 서재' 같은 전자책 월정액 구독 서비스를 이용할 수도 있고요. 지역 도서관이나 학교 도서관의 전자책 서비스는 심지어 무료입니다.

종이책, 아날로그의 매력

하지만 이런 무수한 장점에도 저는 종이책을 선호합니다. 종이책을 예찬하는 다른 독자들처럼 저도 종이의 질감, 냄새, 책장 넘기는 소리, 좋아하는 문장에 연필로 밑줄 긋는 소리, 매끈하고 반질반질한 책 표지 만져보는 것 등을 즐깁니다.

독서는 오감을 동원하는 감각적 경험이라는 데 동의해요. 이런 생각은 몇 년 전 책을 출판하면서 더 강해졌습니다. 한 권의 책이 탄생하기까지 많은 사람의 고민과 정성과 열의가 담긴다는 걸 몸소 체험했거든요. 책에서 만든 이들의 정신이나 에너지를 느낍니다. 그런 책은 오래오래 소장하고 싶어지죠.

게다가 책은 예쁩니다. 인간은 예쁜 걸 좋아하잖아요? 커피를 한잔 마시더라도 예쁜 잔에, 잠깐 앉아 있더라도 예쁜 의자에, 하찮은 낙서를 하더라도 예쁜 일기장에 쓰고 싶어 합니다.

종이책이나 전자책이나 어차피 책 내용은 같더라도 조금 더 예쁜 걸 들고 읽는 게 좋더라고요. 요즘 출간되는 책의 편집이나 표지 디자인이 얼마나 세련되었나요. 헌책방을 자주 이용하던 저의 책장에는 1990년대 출판된 책이 꽤 되는데, 한국 출판 디자인의 놀라운 성장을 실감합니다. 종이책은 그 자체로 훌륭한 인테리어 소품이 되기도 하고, 평범한 개인 공간에 개성을 더해줍니다.

어떻게 보면 종이책은 살아남기 위해 아름다운 모습으로 진화해온 것 같네요. 멸종되려면 아직 시간이 한참 남았다고 생각합니다. 동네 서점이라는 종이책 보호구역과 책장이 터져 나가는데도, 책값보다 배송비가 더 비싸도 종이책을 구입하는 '종이책주의자'가 있으니까요. 어떤 것이 결코 사라지지 않기를 바라는 마음, 그 유별난 사랑과 애정이 책의 운명을 결정할 거예요. 우리 자신의 운명도 마찬가지겠고요. 그럼 저는 잊힌 저의 첫 책을 사랑해주러 이만 총총.

2장

완독 훈련 WEEK 2

먼저 가볍게
책과 친해져볼까요?

독서 편식, 마음껏 하세요

지금은 '삐삐'에 버금가는 유물이 된 'MP3'란 물건이 존재하던 시절 이야기입니다. 친한 친구가 저의 플레이리스트를 보더니 한마디 툭 던지더라고요. "정말 종잡을 수 없는 취향의 선곡이구나."

　그렇게 이야기할 만도 했어요. 헤드뱅잉 욕구를 불러일으키는 메탈리카의 음악과 달달한 성시경의 발라드가 연달아 흘러나왔으니까요. 그러다 텐션이 엄청난 비욘세 언니가 등장해서 '이 구역의 대장은 나' 에너지를 전염시키고 나면 우울함의 정수를 보여주는 시규어 로스의 곡이 흘러나와 한껏 끓어오른 흥을 발끝까지 끌어내리는 플레이리스트를 보유하던 시절이었습니다. 음악에 대한 지식 없이 그저 기분 따라 듣고 싶은 음악을 들으면 되는 거니까요.

그런 저에게 누구도 '골고루' '균형 있게' 음악을 들어야 한다는 이야기는 하지 않았습니다. 그러나 여러분도 아시다시피 책에 관해서라면 좀 다릅니다. 클래식만 들으면 졸리다는 BTS 팬에게 샤이니의 노래를 추천해줄 수는 있겠지만, '음악 편식'을 하면 곤란하다는 이유로 바흐와 쇼팽을 들어야 한다는 충고를 해줄 이유는 없을 거예요. 그런데 왜 유독 독서에는 '편식'이라는 단어가 붙는 걸까요? 미술 편식이나 영화 편식, 운동 편식이라는 말 역시 없습니다. 오직 독서인만이 자신의 취향을 '편식'이라 부르며 개선하려 하고 '치료'하고 싶어 합니다.

생각해보면 우리는 독서에 재미를 들이기도 전에 현대 교양인으로서 갖춰야 할 필수 의무라 여기는 것 같습니다. 그래서인지 어릴 때부터 책과 독서에 필요 이상으로 진지하게 접근하는 것 같습니다. 다들 이 말 아시죠?

"하루라도 책을 읽지 않으면 입안에 가시가 돋는다."

안중근 의사가 사형 전 옥중에서 한 말이라고 하죠. 저 역시 이 명언을 거의 세뇌당하다시피 듣고 자란 세대입니다. 독서가 얼마나 중요한지 깨우쳐주려는 의도는 잘 알겠습니다. 하지만 이제 막 책을 읽어보려는 아이들에게 이토록 비장하게 독서의 중요성을 강조할 필요가 있을까요?

가끔 부모님들에게 '내 아이가 책을 편식하는 게 고민'이라는 말을 들으면 저는 의아해집니다. 어쨌든 책을 읽고 있잖아요. 어떤 책을 읽든 아이에게는 독서 경험이 피가 되고 살이 될 텐데, 부모님의 취향과 바람까지 맞춰가며 독서를 해야 한다면 책 읽기가 얼마나 피곤하겠어요.

'독서 편식'이라는 말은 아무리 들여다봐도 어색한 합성어 같습니다. 현대인의 강박관념이 반영된 용어가 아닐까 해요. 하루가 다르게 변화하는 시류와 트렌드를 좇으려면 이것도 알아야 하고 저것도 알아야 한다는 압박감을 저도 종종 느끼곤 합니다. 그런 순간마다 '지금 내게 필요한 책을 읽어야 한다'는 점을 기억하려고 합니다. 살면서 떠오르는 의문에 대한 실마리를 제시해줄 수 있는 책, 가을 낙엽처럼 메마른 감성을 촉촉이 해줄 책, 머릿속에만 있는 아이디어를 실행으로 옮기도록 도와줄 책, 나의 고정관념을 무너뜨려줄 책. 그 어떤 책이라도 나에게 필요한 책이라면 마음껏 편식해도 괜찮다고 생각해요.

가볍게 시도해야 습관이 됩니다

책을 학문적으로 접근하기보다 하나의 오락거리로 다룰 때 독서가 습관이 될 확률이 높습니다. 앞에서 언급했듯 우리나라 사람들은 책으로 무언가 배우고 깨달아서 내적 성장을 해보겠다는 갈망이 크다는 생각이 듭니다. 물론 좋은 현상입니다. 그러나 여러분이 독서에 익숙하지 않다면 무조건 그 분위기를 따라가지 마세요. 책의 쓸모에 대해서는 나중에 생각합시다. 일단은 좋아하는 책, 재밌는 책을 가볍게 읽으세요. 이번 주말 친구와 극장에서 같이 볼 영화를 고르듯, 연인과 데이트할 맛집을 고르듯, 책도 그렇게 골라 읽는 거예요.

편식보다 위험한 편견

게다가 책과 음식은 분명히 다릅니다. 치킨이나 삼겹살만 편식한다면 건강에 적신호가 켜지겠지만, 내가 좋아하는 책만 읽는다고 병들거나 죽는 사람은 없습니다. 오히려 읽기 싫은 책을 억지로 읽어야 해서 병에 걸리는 경우는 있을 것 같네요. 어떤 사람은 편협한 독서를 하지 않기 위해 다방면의 책을 읽어야 한다고 주장하지만, 독서 편식을 나무라는 행동이야말로 편협해 보여요. 독서 편식을 해결하려 하기보다 '독서 편견'을 무너뜨려야 하지 않을까요? 독서에는 규칙이 없다는 점을 기억하면서요.

독서 편식은 전문가를 양성한다

저는 독서 편식을 다른 말로 '전문 독서'라고 부르고 싶어요. 제가 한창 장르 소설에 빠져 있을 때 우연히 이다혜 작가의 《아무튼, 스릴러》라는 책을 읽었습니다. 스릴러 소설에 얽힌 저자의 경험과 생각, 스릴러 소설의 매력이 잘 드러난 에세이였어요. 이 책을 읽으면서 독서를 편식하면 그 분야의 전문가가 될 수도 있다는 생각을 했거든요. 아서 코난 도일이나 애거사 크리스티의 전집을 탐독한 아이들이 범죄 심리 전문가나 프로파일러가 될 수도 있잖아요. 어느 한 가지에 푹 빠져 헤어나오지 못한 경험은 무척 중요하다고 생각합니다. 만화책을 읽더라도 '세상 모든 만화책을 읽어버리겠다'는 전투적인 태도로 읽어본 사람은 그 경험의 동력을 활용해 사회적 성취를 일궈낼 확률이 높고요. 실제로 성공한 사람 중에는 만화책 애호가가 많죠!

그러니 여러분도 독서 편식을 어떻게 고쳐야 할지 고민하지 마세요. 처음부터 균형 있는 '독서 식단'을 짜려고 노력하기보다 그때그때 관심사에 따라 끌리는 책을 찾아 읽어보세요.

이달의 독서 식단을 짜보세요.

책을 골고루 읽어야 한다는 생각은 일단 접어둡니다. 한 분야만 읽어도 괜찮습니다. 무협지나 로맨스 소설로 시작해도 좋겠네요. 좋아하는 작가의 책만 골라 읽는 '전작주의 독서'는 어떠신가요? 얇은 책, 가독성 좋은 책만 선택해서 읽는 것도 완독의 성취를 자주 느낄 수 있는 방법입니다. 여러분의 불균형한 독서 편식을 응원합니다!

천천히 읽기
50페이지의 장벽을 넘으세요

마라톤에 '러너스 하이'가 있다면 독서에는 '페이지 터너'가 있습니다. 독서에 집중해 나도 모르게 정신없이 페이지를 넘기는 행위를 말해요. 누군가 옆에서 책장을 넘겨주는 듯한 깊은 몰입의 경험이지요. 물론 이렇게 술술 잘 읽히는 책이 있는 반면 문장이 촘촘하게 짜여 아무리 집중해 읽어도 좀처럼 페이지가 넘어가지 않는 책도 있습니다.

제게는 얼마 전 완독한 아룬다티 로이의 《작은 것들의 신》이라는 작품이 그랬어요. 초반 10페이지 정도를 읽고 나서 다시 처음으로 돌아가 읽는데도 집중이 잘 안 되는 거예요. 이럴 때 저는 '50페이지의 장벽'을 떠올립니다. 어떤 책이라도 50페이지만 넘어가면 그에 따른 보상을 얻는다는 저만의 법칙으로, 섣불리 완독을 포기하지 않도록 도와줘요.

저는 독서를 이야기에 적응해나가는 행위라고 봅니다. 새로운 사람을 만날 때, 낯선 장소로 이사 갔을 때 적응기가 필요한 것처럼 책을 처음 펼쳤을 때 그 내용에 적응하기까지 충분한 시간이 필요하다고 생각해요. 50페이지 정도 분량을 읽는 시간이 바로 적응기인 거죠. 여러분도 책의 장르나 읽기 속도에 따라 '70페이지의 장벽' 또는 '100페이지의 장벽'을 설정해보세요. 몰입의 궤도에 오르면 나머지 분량은 술술 읽을 수 있습니다.

자기 계발서나 에세이에 비해 소설은 '이야기 적응 기간'이 훨씬 오래 걸리죠. 한 번도 경험해보지 못한 세계가 펼쳐지기 때문에 더 많은 상상력이 필요해요.

토니 모리슨의 《재즈》처럼 소설을 끝까지 읽었는데도 화자가 누구인지 불분명하거나, 제임스 조이스의 《율리시스》처럼 해석 자체가 불가능한 듯한 작품이라면 몇 페이지 읽다가 책장을 덮게 됩니다. 레프 톨스토이의 《전쟁과 평화》처럼 부르다 숨넘어갈 러시아 사람들 이름이 속사포처럼 나열되는 경우에도 읽기를 포기하고 싶어지고요. 갑자기 화제가 전환되는 버지니아 울프 작품 속 의식의 흐름 기법 또한 완독하겠다는 의지를 불태우는 독자를 좌절하게 합니다.

우리는 소설의 내러티브_narrative가 '옛날 옛날에 착한 흥부와 심술

궂은 놀부가 살고 있었어요~'처럼 친절하게 시작해주기를 바라지만, 그렇지 않은 경우가 많습니다. 가난을 묘사하는 부분만 수 페이지씩 이어지다가 갑자기 두 성인 남자의 어린 시절과 현재 이야기가 교차 서술되고 책 중반쯤 가서야 비로소 '아, 이것이 흥부와 놀부라는 형제의 이야기구나' 알아차리게 하는 복잡한 서사 구조 앞에서 좌절하기 쉽습니다. 이 문제를 해결하는 방법은 간단해요.

50페이지의 장벽을 넘기까지, 간단한 메모와 함께 천천히 읽는 거예요. 조급해하기보다 지금 여러분이 읽고 있는 책이 내가 가진 유일한 책이라는 생각으로 집중해보세요. '50페이지의 장벽'은 현재, 지금 이 순간의 독서에 몰입하도록 도와주는 장치이기도 합니다. 그런데 무엇을 메모해야 하냐고요? 이제부터 설명드리겠습니다.

앞서 언급한 《작은 것들의 신》 이야기를 다시 이어가겠습니다. 1998년 맨부커 수상작이기도 한 이 책은 페이지를 쉽게 넘길 수 있는 책은 아니었습니다. 이 작품은 쌍둥이 남매 라헬과 에스타를 둘러싼 비극적인 가족 일대기를 다루면서 당시 인도의 복잡한 정치와 사회, 문화의 단면을 서정적이고 날카로운 문장으로 세밀하게 녹여낸 작품입니다. 파편처럼 곳곳에 흩어진 '작은' 이야기들이 서로 어떤 관련성이 있는지, 무슨 의미가 있는지 친절하게 알려주지 않습니다. 모든 조각을 다 맞춰야 무슨 그림인지 알 수 있는 퍼즐처럼, 끝까지 읽어야만 비로소 이야기의 큰 그림을 보게 되고, 마지막 페이지를 읽으면서 경이감을 느끼게 되는 작품입니다.

천천히 읽는 방법, 메모하기

우선 소설의 시간적·공간적 배경을 메모합니다. 어떤 작가들은 소설을 쓸 때 사건이 벌어지는 공간을 먼저 설계한다고 들었습니다. 연극에 비유하자면 무대를 먼저 만들고 인물과 사건을 배치하는 것이지요. 현실에서도 20세기 경상북도 괴산리에서 자란 사람과 21세기 뉴욕 대도시에서 자란 사람이 겪는 사건은 다르잖아요. 이 점을 생각하면 우리가 소홀히 여기기 쉬운 소설 속 시공간적 배경이 얼마나 중요한지 아시겠죠.

《작은 것들의 신》의 경우, 소설 첫 챕터를 펴면 공간적 배경이 바로 등장합니다. '5월의 아예메넴은 덥고 음울하다'라는 내용입니다. 여기서 '아예메넴'은 남인도 케랄라주의 도시 이름입니다. 저도 인터넷 검색으로 알게 됐어요. 케랄라주가 어떤 곳인지 이미지 검색을 하니 '덥고 음울한' 아예메넴의 날씨를 상상하는 데 도움이 되었습니다.

소설 두 번째 챕터, 첫 문장에서는 '1969년 12월'이란 소설의 시간적 배경이 등장합니다. 이 구절을 읽으며 우리는 1970년을 한 달여 남긴 어느 날의 남인도로 본격적인 시공간 여행을 떠나게 됩니다. 배경을 메모하면 이야기에 비교적 빨리 몰입할 수 있습니다.

두 번째로 등장인물의 이름과 관계를 메모합니다. 이 책에서 가장 먼저 등장하는 인물은 이란성 쌍둥이 남매 '라헬'과 '에스타'입니다. 읽다 보니 누가 누구인지 헷갈려서 이름 옆에 간단하게 성별 표기를 해두고, 누가 먼저 태어났는지 적어두었습니다. 이름 옆에는 특징을 나타내줄 만한 소설 속 문구를 간략히 적거나, 인물의 개성을 드러내는 문장을 통째로 필사해도 좋겠습니다. 이렇게 메모하면 그냥 읽을 때보다 머릿속에 등장인물의 모습이 생생하게 살아 움직입니다.

세 번째로 소설의 사건을 메모합니다. 이 책에서 처음 등장하는 중요한 사건은 주인공 두 남매의 외사촌 '소피몰'의 죽음입니다. 아홉 살 소녀의 죽음에 쌍둥이 남매와 그들의 엄마인 '암무' 그리고 미지의 인물 '벨루타'라는 인물이 어떻게 연루되어 있는지 궁금해하며 읽으면 소설이 더 흥미롭게 다가옵니다. 이처럼 중심 사건의 정황이나 인과관계를 파악하면서 보다 적극적인 독서를 할 수 있습니다.

마지막으로 여러분이 좋아하는 문장을 메모합니다. 좋아하는 문장을 필사하며 독서를 하는 것도 완독의 비결 중 하나입니다. 필사에 관한 이야기는 뒤에서 깊이 살펴보겠습니다.

제게 이 책이 술술 읽히지 않은 까닭은 너무 서둘렀기 때문이었습니다. 산책을 하면서 개미 한 마리, 꽃 한 송이의 모양과 움직임을 보려면 정말 천천히 걷거나 잠시 멈춰 서야 하잖아요. 그것과 비슷한 이치인 거예요. 천천히 읽기를 통해 '작은 것'들의 아름다움을 누리면서 삶도 그렇게 천천히 살면 좋겠다는 생각을 해보시면 더욱 좋겠습니다.

메모를 통해 50페이지의 장벽을 넘어보세요.

1. 소설의 시·공간적 배경지식을 찾고 메모합니다.

· 예시
- 공간적 배경: 아예메넴 (남인도 케랄라주의 도시, 인도 남서부 해안 위치)
- 시간적 배경: 6~8월 우기, 평균 최고 기온 30도
- 시대 배경: 공산주의 세력이 강함

2. 등장인물 관계도 및 특징을 나타내는 단어 등을 적어봅니다.

· 예시
- 라헬(타락, 강요): 이란성 쌍둥이 여동생, 델리 건축 대학에서 남편을 만나 보스턴으로 이주. 웨이트리스와 주유소 야간 직원으로 일하다 아예메넴으로 돌아감.
- 에스타(정적, 침묵): 라헬보다 18분 빨리 태어난 오빠, 캘커타 아버지 밑에서 자람, 아버지가 호주로 이민을 가면서 에스타를 아예메넴으로 보냄.

3. 소설의 중심 사건을 적고, 사건과 관련된 인물들에게 물음표 던지기.

· 예시
- 사촌 소피몰의 죽음 이후 23년간 떨어져 지낸 남매의 재회
- 미스터리한 인물 벨루타는 누구일까?

4. 인상 깊은 문장 필사하기
때때로 작가는 소설 첫 부분에 화두처럼 던지는 문장을 쓰곤 합니다. 그런 문장을 메모해두고 읽으면, 소설이 은유하는 바를 찾아나가는 즐거움이 생깁니다.

마음 열고 읽기

좋은 친구를 사귀는 마음으로

오늘은 문득 여러분이 어떤 책을 읽고 계신지 궁금해지네요. 제가 진행하는 독서 모임에서는 같은 책을 동시에 읽고 감상을 나누기 보다, 각자 좋아하는 책을 읽고 그와 관련된 경험을 주로 공유해요. 책 내용을 다루며 토론하는 것도 재미있고 의미 있지만 때로 깊이를 강요받는 듯한 느낌이 들 때가 살짝 있더라고요.

오늘 서점에서 구매한 책, 사놓고 읽지 못한 책, 헌책방에서 보물처럼 발견한 책, 서점에 놀러 갔다 온 이야기를 가볍게 나누는 일은 참 즐겁습니다.

새로운 책을 접하는 일은 사람을 처음 만날 때와 비슷한 것 같아요. 실제로 책을 대하는 태도와 인간관계를 맺는 방식은 유사한 데가 있고요. 한동안 저는 제 취향에 부합하는 책만 읽었습니다. 나와

결이 맞지 않은 듯 보이는 책은 읽어볼 생각도 하지 않았고요. '책 표지만 보고 판단하지 마라'라는 경구가 무색하게 표지만 보고 판단하는 경우도 더러 있었고요.

그러던 어느 날, 그 모든 것이 나의 편견이 아닐까, 하는 생각에 생소하고 낯설게만 여겼던 책을 한 권씩 펼쳐보았습니다. 그중 한 권이 칼 세이건의 《코스모스》였습니다. 이 책은 인문학 스테디셀러로 '죽기 전에 꼭 읽어봐야 할 책' '서울대 필독서 100권' 같은 엄청난 목록에 속한 책이어서 그런지 쉽게 손이 가지 않는 책이었습니다. 719페이지라는 분량도 한몫했고요. 그런데 막상 읽어보니 천문학에 대해 이보다 대중적으로 쓸 수 없다는 생각이 들 정도로 재미있었어요. 지구라는 행성을 향한 저자의 뜨거운 애정이 자식에 대한 부모의 사랑처럼 여겨져서 감동했습니다. '바이러스 창궐한 이 험난한 세기에 아이를 낳아 무엇하리' 하며 딩크족을 자처했던 저는 《코스모스》를 읽고 임신을 결심하기에 이르렀지요. 이 험한 세상의 우주적 기원을 알고 나니, 그 세상이 위험하기보다 영험하게 여겨진 거예요.

비슷한 맥락에서 에리히 프롬의 《사랑의 기술》도 저에겐 인생의 큰 결심인 임신에 영향을 끼친 책이었습니다. 딱딱한 철학서라고 생각했는데, 의외로 사랑에 관한 말랑말랑한 문장이 많은 작품이었어요. 어떤 면에서는 육아서 같기도 했죠. 다음 문장은 신생아를 키우는 지금까지 매일매일 마음속에 되새기고 있습니다.

■▨▨ 어머니는 삶에 대한 신념을 갖고 지나친 걱정을 해서는 안 되며, 어머니의 걱정이 어린아이에게 전해지게 해서는 안 된다. 어머니는 생애 일부를 어린아이가 독립해서 마침내 그녀에게서 떨어져 나가기를 바라는 소망에 바쳐야 한다. *

어쩐지 꼬인 마음 때문에 1년 동안 읽지 않고 묵혀둔 책이 또 한 권 있었습니다. 워낙 유명한 책이고, 독서 취향이 비슷한 사람들에게 긍정적인 리뷰를 많이 들어서 구입하기는 했는데, 좀처럼 손이 안 가는 책이었어요. 한두 번 읽어보려고 시도해봤지만 스무 쪽 이상까지는 더 이상 진도가 나가지 않더라고요. 무슨 책이냐고요? 미셸 오바마의 자서전《비커밍》이었습니다.

남의 나라 영부인이 나고 자란 이야기를 읽는 게 시간 낭비라고 생각했어요. 저 같은 노동자들이 미국 최고 엘리트 계층 여성을 우상화하며 그 성공 신화에서 동기와 영감을 얻는 건 어딘가 부조리하지 않냐며 속으로 빈정댄 것도 사실이었고요.

그러다 이 책을 다시 읽게 된 건 임신 초기, 입덧으로 심하게 고생할 무렵이었습니다. 폭풍우를 만난 배 위에서 소주 3병을 먹고

* 에리히 프롬 지음,《사랑의 기술》, 문예출판사, 2019

취한 후와 같은 울렁거림이 3주째 이어지던 어느 날이었죠. 뭔가를 읽을 기운은 없었지만 누워서 달리 할 게 없더라고요. 그래서 전자책 리더기를 집어 들었습니다. 책을 고르는 일조차 버거운 때여서 사놓고 안 읽은 책을 하나씩 읽어보자고 생각하다 집어 든 책이었어요. 아무 기대 없이 힘 빼고 읽기 시작했는데 글쎄, 너무 재밌더라고요. 미셸 오바마의 자서전이 아니라 한 편의 성장 소설을 읽는 기분이 들었고, 어느 대목에서는 예비 부모를 위한 육아 지침서 같다는 인상도 받았어요. 수도 없이 많은 문장에 밑줄을 긋고 기억하고 싶은 문장은 노트에 옮겨 적었습니다.

■■■■ 어른이 아이에게 뭘 물을 때 "크면 뭐가 되고 싶니"만큼 쓸데없는 질문이 없는 것 같다. 이 질문은 성장을 유한한 과정으로 여긴다. 우리가 인생의 어느 시점에 무언가가 되면 그것으로 끝인 것처럼 여긴다.*

■■■■ 어릴 때는 화가 나면 거의 어머니에게 쏟아냈다. 내가 새 선생님에 대해서 씩씩거리면 어머니는 "저런, 그랬니?" "정말이니?" 하고 대꾸하면서 차분히 들어주었다. 내 화를 오냐오냐 받아주는 적은 없었지만, 좌절감은 진지하게 여겨주었다. 다른 어머니였다면 "넌 그냥 네 공부나 잘해" 하며 타이르고 말았을지도 모르지만, 우리 어머니는 그냥 징징거리는 것과 진짜 괴로워하는 것의

차이를 알았다.*

《비커밍》을 다시 읽는 동안 유명인을 향한 저의 막연한 냉소는 구체적인 연민과 공감으로 바뀌었습니다. 남부러울 것 없이 다 가진 사람에게도 삶이란 똑같이 버거워서 절망하고 방황하기도 한다는 점에서요. 자신이 이룬 사회적 성공을 전시하기 급급한 유명 인사의 모습보다 그동안 살아온 인생을 겸허히 돌아보고 성찰하는 나와 비슷한 여성, 두 딸의 엄마가 보였습니다.

책을 읽는 내내 무기력한 순간을 이겨내도록 도와주는 여자 친구를 새로 만난 것 같았어요. 그는 저에게 애정을 담아 자신의 이야기를 조곤조곤 들려주었고요. 필력 또한 매우 뛰어나서 갑자기 글을 쓰고 싶게 만들기도 했습니다. 처음 읽었을 때와는 확연히 다른 감상을 느끼고 나니, 내가 그동안 책뿐 아니라 사람도 이토록 내 맘대로 해석하고 오해하며 살아왔구나 통감하게 되더라고요.

첫인상이나 짧은 대화로 상대를 성급하게 판단하지 않고 내 이야기만 하기보다 호기심을 가지고 상대에게 질문하고 경청하는 사람이 독서도 좋아하고 잘하게 되는 것 같아요. '나' 외에는 별 관심이 없는 사람이라면 책에도 별 흥미를 느끼지 못할 확률이 큽니다.

* 미셸 오바마 지음, 《비커밍》, 웅진지식하우스, 2018

어떤 장르의 책이든 결국 그 안에는 나 아닌 다른 존재의 이야기가 담겨 있으니까요. 반대로 책에 대한 편견을 내려놓는 행위가 인간관계를 성숙하게 맺는 훈련이 될 수도 있겠다는 생각도 드네요.

좋은 인연을 알아보고 친구로 사귀려면 일단 마음을 열어야 하듯 책도 그렇습니다. 이제부터 당신의 이야기를 경청해보겠다는 능동적인 자세가 필요해요. 돈 주고 샀으니 '어디 한번 나를 설득해봐' '나를 즐겁게 해봐' 하는 태도로 책장을 펼친다면 책과 가까워지기 어려울지 모릅니다. 한두 페이지 읽어보고 섣부른 판단을 하다 보면 마음에 드는 책이 별로 없을지도 몰라요. 그러다 결국 '나는 독서와 잘 맞지 않는다'고 생각해버리기 십상입니다. 모든 책 뒤에는 그 책을 쓴 저자가 있고, 저마다의 이야기가 있습니다. 새로운 책을 만난 순간을 누군가와의 소중한 첫 만남처럼 여긴다면 여러분도 예기치 않게 '인생 책'을 만나게 될지 모르겠습니다.

책을 재발견하세요.

'나와 안 맞아' 하는 생각에 책장에 묵혀둔 책이 있다면 오늘 다시 꺼내서 읽어보는 건 어떨까요? 생각보다 괜찮은 책일지도 모릅니다(어제 한 번 보고 마음에 안 들었던 그 사람도 생각보다 괜찮은 사람일지 몰라요).

성실한 대충주의자의 독서법

북튜브 채널을 운영한 지 올해로 4년 차가 되었습니다. 전업 유튜버가 되기엔 한없이 부족한 실적이지만 제 용돈 정도는 벌어 쓸 수 있게 됐네요. 영상 한 편, 한 편에 좀 더 정성을 기울이면 좋겠다는 생각이 들다가도 그 다짐을 고이 접어 서랍 속에 넣어둡니다.

 '대충 성실하게'가 제 삶의 모토거든요. 유튜브에 사활을 걸 정도의 목적이 없는 이상 지금 정도의 수준을 꾸준히 유지하려고 합니다. '대충대충'의 태도로는 사회에서 성공하기 힘들겠지만, 제 깜냥이 그런 걸 어쩌겠어요. 능력의 한계를 뛰어넘으려고 발버둥 쳤다면 4년은커녕 4개월도 하지 못하고 흐지부지되었을 게 뻔합니다. '성실한 대충주의자'의 삶이 '철두철미한 완벽주의자'의 삶보다는 부족하겠지만, '게으른 완벽주의자'가 되는 것보다는 낫지 않나 싶어요.

세계적인 베스트셀러 《미라클 모닝》의 저자 할 엘로드는 "당신이 어떤 것 하나를 하는 방식이 곧 당신이 모든 것을 하는 방식"이라고 언급했습니다. 맞는 말이에요. 저는 책도 '대충 성실하게' 읽는 편이거든요. 독서를 좋아하지만 치열하게 하고 싶진 않아요. 사는 것도 치열한데 독서마저 치열하게 해야 한다면 인생이 얼마나 피곤하겠어요. 독서를 서핑이나 테니스처럼 경쾌하고 세련되게 즐길 수 있으면 좋겠습니다. 제게 '대충'이라는 단어는 '성의 없고 불성실하다'는 의미보다는 '힘 빼고 즐겁게'라는 의미로 여겨지는 것 같아요.

새벽 5시에 일어나 하루를 시작하는 미라클 모닝을 열심히 실천하는데, 하나도 즐겁지 않고 의무감처럼 여겨지며, 피곤해서 오히려 짜증만 늘었다면 해야 할 이유가 없는 거죠. 분이나 초 단위로 무언가를 끊임없이 해야 마음이 편안한 사람, 1시간이고 2시간이고 아무것도 하지 않아도 편안한 사람이 있다면 저는 후자의 인간형이 더 뛰어난 능력을 가지고 있다고 여깁니다.

모두가 열심히, 치열하게 사는 세상에서는 '대충'도 하나의 능력일 수 있다는 생각을 합니다. 그런 의미에서 오늘은 책을 대충 읽으면서 대충 살기의 기술을 연마해보시면 어떨까 합니다. '완독하지 못할 바에 책을 읽지 않겠다'고 생각하신다면 오늘의 조언을 듣고 생각을 바꿀 수 있을지 모르겠네요.

대충 독서법 ❶
아름다운 마무리에 집착하지 않는다

아무리 신중하게 책을 골라도 읽다 보면 기대했던 내용과는 다른 방향으로 펼쳐질 때가 있습니다. 저도 책 서문만 읽고 '내 스타일이야!' 하고 고민 없이 구매했는데 서문 이후부터 기대와 다르게 흘러가서 당황하는 경우가 있습니다. 이미 3분의 1 정도 읽고 난 후 흥미를 잃었을 때는 어쩐지 책장을 덮기 아깝다는 생각이 들고요. 하지만 모든 책을 완독할 필요는 없습니다. 사람과의 인연이든, 책과의 인연이든 마무리를 아름답게 하려고 너무 노력하지 마세요. 나의 시간과 에너지를 아끼기 위해서 과감히 끝내야 할 때도 있는 법입니다. 진도가 지지부진한 책을 꾸역꾸역 들고 있기보다, 더 흥미로운 책을 선택해서 완독 시기를 앞당기는 게 나을 거예요.

대충 독서법 ❷
'그러려니' '뭐라는 거야'의 태도

이해가 잘 안 가는 한두 문단이 도로 방지턱처럼 등장해서 읽기에 속도가 나지 않을 때가 있습니다. 앞서 '천천히 읽기'에서 시간을 들여 읽으라고 권유했지만, 아무리 천천히 읽어도 이해가 가지 않는다면 이해하려고 억지로 씨름하기보다 일단 체크해두고 다음 페이지로 넘어갑니다. 책을 끝까지 읽고 난 후에야 맥락 안에서 그 부분의 의미를 이해하게 될 때도 있거든요.

어쩐지 한 문장도 건너뛰지 않고 꼼꼼하게 정독해야 완독한 것 같은 기분이 들지요. 대충 읽고 그 책을 다 읽었다고 하는 건 독서 하는 시늉만 하는 것 같기도 하고요. 그럴 땐 이렇게 생각해보세요. '어차피 책의 모든 내용을 기억할 수는 없다, 관심 없는 내용은 읽 어도 머릿속에 남지 않을 것이다, 차라리 흥미를 끄는 챕터나 페이 지를 더 꼼꼼히 읽어서 내 것으로 소화하자'.

모든 것을 이해해야 한다는 법은 없습니다. 이해하기 어려운 상 황, 이해하기 어려운 사람, 이해하기 어려운 말. 가끔은 '그러려니' '뭐라는 거야' 하고 넘어가면 오히려 편할 때도 있더라고요.

대충 독서법 ❸
사실보다는 경험에 초점을!

앞에서 언급한 《미라클 모닝》이라는 책도 저는 대충 읽었습니 다. 워낙 유명한 책이라 '미라클 모닝'의 정의와 효과에 대해서는 이미 알고 있었으니까요. 대신 미라클 모닝을 실천하는 방법을 설 명한 챕터는 자세히 읽었습니다. 차례를 보고 필요한 부분만 취사

선택해서 읽은 것이죠.

읽으면서 미라클 모닝을 실행하는 데 도움이 될 만한 문구 몇 개를 노트에 적어두었어요. '몸짓motion이 감정emotion을 만든다' 같은 문장을요. 생각해보면 책 전체를 꼼꼼히 완독하고도 좋아하는 문장 하나 기억하지 못하는 경우가 많잖아요. 반면 필요한 부분만 읽었다 하더라도 그중에서 내게 피가 되고 살이 되는 한 문장이라도 기억하면 꼼꼼한 완독보다 더 나을 수 있어요. 책 한 권을 완독했다는 '사실'보다 책 한 권을 읽으면서 무엇을 '경험'했는지에 집중해보세요.

대충 독서법 ❹
꼭 순서대로 읽을 필요는 없다

장편소설을 제외하면 많은 경우 순서를 바꿔 읽어도 무리가 없습니다. 단편소설이나 에세이를 읽을 때 차례를 보면서 제목이 끌리는 꼭지를 먼저 선택해 읽을 수도 있을 거예요. 차례란 얼마나 유용한지요! 제가 지금 읽고 있는 조원재 작가의 《방구석 미술관 2 : 한국》이라는 책은 총 10챕터로 구성되어 있습니다. 챕터마다 특정 예술가의 이야기가 담겨 있는데, 저는 천경자 화가의 이야기가 담긴 챕터부터 읽기 시작했어요. 별로 관심이 없는 예술가의 이야기는 대충 제쳐두었다가 나중에 흥미가 동할 때 읽으려고 해요. 내가 좋아하는 부분을 선택해 먼저 읽는 게 어쩌면 더 능동적인 독서법이라고 생각합니다. 지금 이 책을 읽는 여러분도 독서법보다 독서 노트 쓰는 방법이 더 궁금하다면 마지막 챕터를 먼저 읽어보셔도 됩니다.

대충 독서법 ❺
얇은 책을 고르자

개브리얼 제빈의 《섬에 있는 서점》이라는 소설을 좋아합니다. 책을 좋아하면 서점 이야기에 매혹당하지 않을 수 없죠. 소설의 주인공이자 '아일랜드 서점'이라는 독립 서점의 주인 피크리의 솔직한 책 취향이나 까칠한 독서 철학을 엿보는 재미도 쏠쏠한 책입니다. 출판사 영업 사원이 서점을 방문해 영업할 책을 꺼내기도 전에 '400페이지가 넘거나 150페이지가 안 되는 책은 일단 싫다'는 피크리의 꼬장꼬장함에 웃으면서 공감했던 기억이 납니다.

개인적으로 저는 두꺼운 벽돌책도 깨부수는 희열을 느끼며 즐겁게 읽기는 합니다만, 책에 대한 안목이 높은 서점 주인이 400페이지가 넘는 책을 싫어한다는 사실이 어쩐지 반갑더라고요. 그의 말대로 정말 400페이지가 정도가 독서 집중력의 마지노선이라는 생각도 드네요.

여러분도 완독의 기쁨, 독서왕의 기분을 자주 누리고 싶다면 150 페이지와 400페이지 사이의 책을 골라보세요. 얇다고 해서 내용까지 가벼운 것은 결코 아니더라고요. 가령 크리스토프 바타유의《다다를 수 없는 나라》는 200페이지가 채 되지 않고 단문으로 쓰여 있어 비교적 수월하게 읽힙니다. 그러나 소설가의 재능을 통해 버리고 정제된 문장을 읽고 있으면 감탄사가 절로 나오죠. 쓰이지 않은 내용에 대해 상상하게 만듭니다.

여기까지 대충! 독서법에 대해 설명했습니다. 어떤가요? 마음이 조금은 가벼워졌나요? '완독하지 못할 바에 책을 읽지 않겠다'는 태도는 '성공하지 못할 바에 노력하지 않겠다'는 다짐과 비슷한 것 같아요. 오늘은 완독이라는 결과보다 책을 읽는 과정에 집중해보면 좋겠습니다.

억지로 읽으려 하지 마세요.

오늘따라 왠지 책장이 잘 안 넘어간다면 하루쯤 건너뛰어도 좋습니다. 아마 머릿속에 다른 상념이 채워져 있어 글자가 들어갈 틈이 없는 걸지도 몰라요. 뇌를 비우고 내일 다시 시도해봅시다.

DAY 10 메모하며 읽기
'생각 낙서'의 힘

독서인들 사이에 끊이지 않는 논쟁이 있습니다. 독서를 할 때 책에 펜이나 연필로 메모를 하는지 여부입니다. 탕수육을 소스에 찍어 먹는 '찍먹파'와 부어 먹는 '부먹파' 사이의 논쟁만큼이나 귀엽고도 심각한 것이지요.

어떤 사람은 나름대로 절충안을 마련해 정말 좋은 책을 만나면 같은 책을 두 권 산 뒤, 한 권은 새 책처럼 깨끗하게 보관하고 나머지 한 권에 시원하게 밑줄도 치고 감상을 적는다고 들었습니다. 여러분은 메모하면서 독서를 하는 '메독파'인가요, 아니면 구김 한 장 없이 조심조심 책을 다루는 '조독파'인가요? 이미 짐작하셨듯 저는 메독파입니다.

종이책을 읽을 땐 항상 연필을 손에 쥔 채 마음에 드는 문장이 나오면 밑줄을 긋고, 책의 여백에 떠오르는 생각을 자유롭게 적기도 합니다. 전자책을 읽을 때는 하이라이트와 메모 기능을 이용하고요.

그렇다고 해서 거창한 내용을 메모하는 건 아니에요. 거의 낙서에 가까운 코멘트를 남깁니다. 친한 친구랑 통화하면서 눈에 띄는 메모지에 흘러가는 단상이나 상대방이 내뱉는 단어를 따라 적을 때가 있잖아요. 그런 정도의 마음으로 메모를 해요.

친구에게 카톡 메시지를 보내듯, 소셜 미디어 계정에 댓글 달듯 가볍게 적습니다. 유머가 넘치는 문장 옆에 'ㅋㅋㅋㅋㅋ'를 남발해보고, 황당한 이야기 옆에는 '헐 -_-'이라고 적어보기도 합니다. 작가의 발상이나 표현력이 두드러지는 대목에서는 '와아…' 같은 감탄사나 사심 담은 왕하트를 그려 넣기도 해요. 이해가 되지 않는 부분은 별표를 쳐놓고 '대체 무슨 말이야 ㅠㅠ' 하고 울부짖기도 하고요. 날것의 1차원적 메모를 저는 '생각 낙서'라고 부릅니다. 'ㅋㅋㅋㅋㅋ' '헐' '와아' 같은 흔적이 조금 유치하게 여겨질지라도 나중에 보면 내가 이 책에서 어떤 부분을 왜 좋아했고, 어떤 챕터에서는 왜 실망했는지가 명확히 보여요.

저는 학창 시절 생각 낙서를 이용해 교과서를 읽은 덕분에 사회나 윤리 같은 암기 과목에서 항상 만점에 가까운 점수를 받았어요.

짧고 보잘것없는 낙서라도 결국 온전히 이해한 후에야 남길 수 있는 거거든요. 책이나 교과서 내용을 무작정 암기하는 게 아니라, 능동적으로 이해하고 분석하면서 내 것으로 소화할 수 있게 되는 거죠. 여러분도 생각 낙서를 시도해보세요. 자녀가 있다면 학습에 응용하도록 도와줄 수도 있겠고요. 성적이 쑥쑥 오를 겁니다.

그뿐만 아니라, 무심코 남긴 생각 낙서는 조금 더 깊은 사유로 발전하기도 합니다. 다음은 재레드 다이아몬드의 《총, 균, 쇠》를 읽고 제가 남긴 메모입니다. 생각 낙서의 심화 버전이라고 받아들이시면 될 것 같아요.

■■■ 영국의 백인 이주민들은 오스트레일리아에서 문자를 쓰고 식량을 생산하고 산업화된 민주주의 사회를 창조한 것이 아니었다. (…) 1788년 시드니에 상륙한 이주민들은 지리적 환경이라는 행운을 타고난 덕분에 그 모든 요소를 상속한 사람들이었다.*

메모 호주에 살고 있어서 그런지 더 흥미롭게 읽었던 14장. 저자의 인류 역사관이 직접적으로 드러난 장이었다. 백인들이 유색인종 차별의 근거로 삼아온 우생학적 관점. 얼마나 나이브한지 인류학적 증거를 디테일하게 제시. 민족이 아니라, 개인에

---

* 재레드 다이아몬드 지음, 《총, 균, 쇠》, 문학사상, 2005

게도 해당되는 이야기 아닐까. 한 사람의 물질적인 성공은 혼자 잘나서는 절대 이룰 수 없다. 재능과 노력도 분명 있겠지만, 유라시아 민족들처럼 환경과 운이 따라줬을 확률이 더 높은 것. 항상 겸손해야 하는 이유. 겸손해져야 할 만큼 성공 좀 해봤으면….

제가 만일 이렇게 생각 낙서를 남기지 않았더라면 오로지《총, 균, 쇠》를 완독했다는 기억만 남았을 겁니다. 하지만 생각 낙서 덕분에 책을 읽으면서 무엇을 느끼고 깨달았는지 되새김질할 수 있었고, 책의 아주 일부분이라도 제 것으로 소화할 수 있었죠.

저에게《총, 균, 쇠》는 현재 백인이 누리고 있는 특권의 기원을 찾아가는 책이었습니다. 유라시아 대륙의 민족들이 사회·문화적으로 빠르게 발전할 수 있었던 환경적 요인의 증거를 과학에 근거해 조목조목 제시하고 있어요. 조상들의 우월한 유전자 덕에 현재 선진국 백인이 잘사는 게 아니라 그럴 수밖에 없는 지리적 요건이 있었다는 거예요. 이 책을 보면서 비단 백인뿐 아니라 권력과 특권을 가진 이라면 모두가 겸손해질 필요가 있다는 생각을 했습니다. 우리 사회에 만연한 능력주의에 대해 조금은 비판적인 시각도 갖게 되었고요. 한편으로 겸손이 필요할 만큼의 사회적 성공을 이뤄봤으면 하는 솔직한 심정도 적어보았습니다.

생각 낙서의 좋은 점은 가볍게 해볼 수 있다는 거예요. 일기를 쓰듯 내 안에 정리되지 않은 생각을 그대로 쓰는 작업이기 때문에 비문을 써도 되고 앞뒤 맥락을 고려할 필요도 없습니다. 앞 기록이 낙서치고 꽤 그럴듯해 보였다면 제가 어느 정도 훈련이 되어 있기 때문이 아닐까 해요. 여러분도 간단한 메모부터 꾸준히 하다 보면 업그레이드된 생각 낙서를 남기실 수 있을 거예요. 그리고 그 낙서들은 삶에 실질적으로 영향을 끼치기도 합니다.

이번엔 《데일 카네기 인간관계론》을 읽고 남긴 저의 생각 낙서를 공유해볼게요.

■■ 논쟁해서는 이길 수 없다. 만일 진다면 두말할 필요도 없고 이겨도 지는 것이나 다름없다. 왜 그럴까? 가령 여러분이 상대방과 논쟁에서 승리를 거두고 그의 주장에서 허점을 낱낱이 파헤쳐서 그가 틀렸다는 사실을 증명했다고 하자. 그래서 무엇을 얻는가?[*]

메모 '사이다 발언'은 시원하다. 그러나 사이다 발언으로 논쟁에서 이겼을 때 현실에서는 실과 득 중 무엇이 더 많을지 생각해볼 문제. 논쟁에서 이겨서 상대의 말문만 막히게 하는 것은 진정한 설득이 아니라 서로 기분만 상하는 과정. 누가 나를 모욕하고 위협해도 싸움에 휘말리지 않고 우아하게 대처하는 지혜가 필요.

원문을 읽으면서 살아오며 겪은 의미 없는 언쟁이 떠올랐습니다. 스스로를 방어하기 위해 상대를 향해 뱉은 비수 같은 말로 나는 무엇을 얻었는가 생각해보니 아무것도 없더라고요. 논쟁에 휘말리지 않고 침착하게 대응하는 방법에 대해 고민하게 하는 문장이었습니다.

■■■ 사람은 어떤 특정한 문제를 생각하지 않을 경우 주어진 시간의 95퍼센트를 자신에 대해 생각하며 보낸다. 잠시 자신에 대한 생각을 멈추고 다른 사람의 장점을 생각하라.*

메모 올해 나의 목표. 타인의 장점을 발견해서 세련되고 정확하게 전달하자. 주어진 시간의 95퍼센트나 자기 생각만 하고 산다니…. 80퍼센트로 줄여보자.

주어진 시간의 95퍼센트나 자기 생각을 하며 살다니 인간이란 정말 지긋지긋한 존재라고 생각했던 것 같아요. 저 문장을 읽으면서 올해에는 내 생각을 80퍼센트만 하자고 다짐했는데 아무래도 실패한 것 같습니다. 그래도 내년에는 꼭 실천해보려고 합니다. 지키지 못한 다짐을 기억했다가 거듭 되새기는 것, 그 또한 생각 낚서

* 데일 카네기 지음, 《데일 카네기 인간관계론》, 중앙경제평론사, 2020

의 힘이니까요.

아무리 생각해도 책에 낙서를 하는 게 마뜩잖은 분들은 따로 독서 노트를 마련해 원문을 필사하고 그 밑에 다른 색깔의 펜으로 생각 낙서를 해보면 좋겠습니다. 세상에 유일무이한 멋진 기록이 될 거예요!

낙서하며 읽어봅시다!

오늘 읽은 책 내용 중 기억에 남는 두 문장을 골라 필사하세요. 필사한 문장에 대한 생각 낙서도 함께 남겨봅니다. 생각 낙서는 책의 내용을 온전히 여러분의 것으로 소화해내는 훈련이기도 합니다. 사소한 내용이라도 좋으니 멋있는 말을 쓰려고 애써 쥐어짜기보다 머릿속에 떠오르는 대로 적습니다.

반복해서 읽기

여러 번 봐야 안다, 책도 그렇다

저는 같은 영화를 여러 번 보는 걸 좋아합니다. 처음 영화를 볼 때는 줄거리와 등장인물의 대사 또는 자막을 따라가기에 급급하지만 두 번째, 세 번째 볼 때는 배우의 표정과 움직임, 음악, 카메라 앵글, 미장센 같은 요소도 즐길 여유가 생기거든요. 결말을 이미 알고 영화를 볼 때, 저는 묘한 전지전능함을 느낍니다. 영화가 어떻게 끝날지 미리 알면 등장인물이 아무리 나쁜 짓을 해도 덜 분노할 수 있고, 선한 사람들이 고통받아도 덜 슬프더라고요.

여러 번 보고 싶게 만드는 영화는 잘 만든 영화이기도 합니다. 천재 감독 크리스토퍼 놀란의 영화를 보면 알 수 있죠. 애초에 한 번만 보고는 못 배기도록 만들었다는 생각이 저절로 들어요. 〈인터

스텔라〉는 저의 인생 영화 중 하나입니다.

처음 봤을 땐 온갖 과학 용어와 우주 풍경에 넋을 잃다가 어지럼증을 느끼며 극장을 나온 걸로 기억해요. 시공간을 뛰어넘은 가족애와 인류애는 물론 감동스러웠지만요. 두 번째 볼 때는 이 영화가 '거짓말'에 관한 영화로 느껴졌어요. 쿠퍼, 브랜드 교수, 만 박사, 아멜리아 모두 대의와 사적인 동기 사이에서 갈등합니다. 각자 소중하게 생각하는 걸 지키기 위해 거짓말을 하죠. 서로 다른 거짓말의 충돌이 결국은 인류를 구하는 방향으로 흘러가는 게 흥미로웠어요. 세 번째 봤을 때는 음악에 집중했어요. 그랬더니 영화가 한 편의 긴 뮤직비디오라는 생각이 들더라고요.

이처럼 같은 영화를 반복해서 보더라도 지루하지 않은 것처럼 책도 그래요. 처음 읽을 때는 줄거리를 따라가기에 급급하지만 이후에는 문체나 언어의 리듬감, 구성 또는 편집 디자인 같은 자잘한 요소까지 눈에 들어옵니다. 당연히 책에 대한 감상이 매번 달라질 수밖에 없죠.

같은 책을 첫 번째, 두 번째, 세 번째 읽을 때 나는 분명히 다른 환경 속 다른 사람입니다. 스무 살의 나, 서른 살의 나, 마흔 살의 나를 떠올려보세요. 사는 곳, 인간관계, 직업, 직함, 성격, 가치관, 모아둔 재산 등 많은 면에서 차이가 납니다. 책 내용 중 어떤 것을 인식하고 받아들이는지는 이 요소들에 달려 있고요. 나이 앞자리 수가 바뀔 때마다 일종의 이벤트처럼 읽는 책을 정해두고 독후감을 남기는 것도 재미있는 독서 경험이 될 거예요.

1년마다 같은 책을 반복해 읽어보세요

제 경우 새해가 되면 연례행사처럼 읽는 책이 있습니다. 팀 페리스의 《타이탄의 도구들》입니다. 언제부턴가 저는 1월에 읽는 책이 한 해를 결정한다는 이상한 믿음을 갖게 됐어요. 그래서 대개 1월에는 천진할 만큼 무한한 낙관성이 깃들어 있는 자기 계발서를 선택하는데 그중 《타이탄의 도구들》이 제게 가장 많은 영감을 줍니다. 한 해 동안 지표로 삼을 만한 문장을 일기장 맨 앞쪽에 써두면 그 자체로 한 해의 목표가 됩니다. 지난해에는 이런 문장을 적고 생각 낙서를 곁들였네요.

■■■ 아무도 쳐다보지 않는다고 해서 스스로 사라지지 마라. 그들이 고개를 들어 나를 바라볼 때까지 기다려라. 퇴장만 하지 않으면 반드시 누군가가 나를 기어이, 본다.*

메모 호주로 이민 오고, 작가의 꿈은 반 포기하다시피 했다. 퇴장만 하지 않으면 무대에 계속 설 수 있다는 말에 용기가 난다.

* 팀 페리스 지음, 《타이탄의 도구들》, 토네이도, 2020

올해도 재미있게 읽고 써야지.

분명히 읽은 책인데 처음 읽는 듯 새로운 것이 '반복 읽기'의 매력입니다. 여러분이 지난 열흘 동안 완독한 책 중 아무 페이지나 펼쳐서 다시 읽어보면 당황할 정도로 새롭게 느껴지실 거예요. 같은 책을 여러 번 읽으면서 얼마나 건성으로 읽었는지 새삼 깨닫기도 합니다.

김영하 작가는 《살인자의 기억법》이라는 소설을 출간하고 한 인터뷰에서 "내 책이 술술 읽혔다면 잘못 읽은 것이다"라는 말을 한 바 있습니다. 두께가 얇은 데다 이야기의 흡입력이 강해, 앉은자리에서 그 책을 술술 읽었던 저는 왠지 모르게 작가에게 꾸지람을 듣는 듯한 기분이었어요. 술술 읽히게 써놓고 술술 읽혔다면 잘못 읽은 거라니 왠지 억울한 마음도 들었지만, 무엇을 놓쳤나 싶어서 다시 읽었던 기억이 납니다(어쩌면 이것이 소설가의 의도였는지도 모르겠네요).

김연수 작가도 백석 시인의 생애를 모티브로 '기행'이라는 인물의 이야기, 《일곱 해의 마지막》이라는 작품을 세상에 내놓으면서 '내 책을 세 번 읽어주면 좋겠다는 소망'을 한 인터뷰에서 피력한 바 있습니다.

■■■■ 세 번 읽으면 누구나 그 텍스트를 사랑하게 될 거라는 게 제 신조예요. 한 번 읽으면 독후감을 쓰고요. 두 번 읽으면 '아 이런 이야기구나' 하고 분석하는데 세 번 읽으면 이 책에 관한 내 이야기가 나와요.*

저는 그 인터뷰를 보고 이 책을 세 번 완독했습니다. 그러고는 장장 여섯 페이지에 달하는 독서 노트를 작성했고(독서 노트에 관한 내용은 5장에서 자세히 소개할게요), 작가의 말대로 이 책을 가슴에 품고 자고 싶을 정도로 사랑하게 되었죠. 처음 읽었을 때 '기행'이 제 눈앞에 있는 듯한 기분이 들었다면 세 번째 읽을 때는 그가 제 마음에 들어앉은 느낌이었어요. 김연수 작가의 말대로 주인공의 모습에서 제 이야기를 발견했고, 작가가 어떻게 이 소설을 집필하게 되었는지도 궁금해졌어요. 독자와 작가 그리고 소설 속 인물들까지, 서로 다른 사람들을 겹겹이 중첩해 한 사람의 모습이 되게 하는 것이 어쩌면 문학의 힘이라는 생각이 들었습니다. 이런 생각 역시 '반복해서 읽기'를 통해 가능했던 거고요.

물론 여러 번 읽는다고 해서 항상 그 책을 더 좋아하게 되는 건 아닙니다. 가령 밀란 쿤데라의 《참을 수 없는 존재의 가벼움》이란

* 〈월간 채널예스〉, 2020·7월호

작품이 예전에는 심오하면서도 흥미로운 사랑 이야기로 읽혔다면 이제는 피곤하기만 한 연애담처럼 여겨지더라고요(존재의 가벼움을 인내할 수 있게 된 걸까요). 20대 무렵엔 니코스 카잔차키스의 《그리스인 조르바》에 담긴 철학이나 사상에 적지 않은 영향을 받았지만 최근 다시 읽어보니 그때만큼의 감흥이 느껴지지 않았습니다. 조르바 팬 여러분께는 송구한 이야기지만, 좋아했던 소설 속 대사가 허세 섞인 술주정(?)처럼 들렸어요. 30대가 되니 멋있는 말 많이 하는 사람을 만나면 감탄하기보다 사기꾼이 아닌지 경계하게 되더라고요. 지혜로운 사람은 대개 말을 아끼잖아요. 마흔쯤에 다시 읽어보면 또 다를지 모르겠습니다.

많은 독자가 추천해서 여러 번 읽기를 시도했지만 50페이지의 장벽을 넘지 못하고 실패한 책도 있습니다. 가령, 올리버 색스의 《아내를 모자로 착각한 남자》는 책을 구매한 지 6년 만에 완독했어요. 이렇게 훌륭한 책을 왜 책꽂이에 먼지가 쌓이게 놔두었을까 의아할 정도로 좋더라고요. 나와 책의 화학작용이 독서라고 정의할 때 그 반응이 폭발하는 타이밍이라는 게 분명히 존재하는 것 같습니다. 여러분도 좋은 책임에는 틀림없는 듯한데, 잘 읽히지 않는 책이 있다면 매년 시도해보세요. 언젠가 그 책과의 궁합이 딱 맞아떨어지는 절묘한 순간이 분명 찾아옵니다.

책 한 권을 완독하고 다음에 읽을 책을 아직 정하지 못하셨다면, 저처럼 이미 읽은 책, 읽다가 실패한 책을 다시 꺼내 읽어보는 것도 좋겠습니다. 스스로의 변화된 모습을 새삼 발견하실 수 있을 거예요.

완독을 끝낸 인생 책도 다시 보자!

여러분이 가장 좋아하는 책 한 권을 골라 첫 페이지와 마지막 페이지를 다시 읽어봅니다. 인생 책으로 꼽는 책인데 어쩐지 처음 읽는 듯한 기분을 느낀다면, 그 책을 다시 한번 처음부터 끝까지 완독해보기로 해요. 읽을 때마다 느낀 감상을 책에 적어놓으면 그 자체로 여러분의 '읽기 역사'가 되지 않을까요?

키워드로 읽기

생각의 씨앗이 키우는 변화의 힘

오늘은 여러분께 '키워드 독서법'을 소개해보려고 합니다.

저는 매년 '올해의 키워드'를 설정합니다. 지구력과 인내력이 부족하다고 느끼던 재작년 무렵엔 '꾸준함', 프리랜서 재택근무자가 되겠다고 마음먹은 작년엔 '돈'을 올해의 키워드로 삼았습니다.

나만의 키워드를 세팅해두면 어떤 책을 읽더라도 머릿속에 각인해둔 키워드에 대해 사유하게 되는 효과가 있습니다. 키워드와 관련된 책이 자석처럼 제 손안에 이끌리는 우연도 생기고요. 이 키워드 독서의 궁극적인 목적은 삶의 변화입니다. 단순한 완독에서 끝나는 게 아닌 하나의 주제를 가지고 성찰한 뒤 행동해 이전과는 달라진 삶을 만들어가는 것이죠.

올해의 키워드 설정 → 독서 → 사유하기 → 행동과 변화

예를 들어볼게요. 저는 이서윤의 《더 해빙》과 제시카 브루더의 《노마드랜드》라는 책으로 키워드 독서를 했습니다. 《더 해빙》은 부자가 될 수 있는 태도에 관한 자기 계발서이고 《노마드랜드》는 비싼 주거 비용 때문에 집을 포기하고 길 위의 삶을 선택한 노년 노동자들을 그린 작품입니다. 돈과 소비에 대한 긍정적인 이미지를 갖는 훈련을 권유하는 자기 계발서와 평생 일해도 집 한 채 가질 수 없는 미국 사회구조의 문제를 지적하는 논픽션이죠. 각각의 책이 양립할 수 없는 주장을 하는 것 같지만, '돈'이라는 키워드를 가지고 책을 읽었을 때 제가 끌어낸 사유와 행동은 결국 비슷하더라고요. 그것은 바로 대저택을 가진 부자가 되어 노년을 맞이하고 싶다는 것. 그것을 〈표2〉와 같이 정리해보았습니다.

올해는 '돌봄'이라는 키워드가 자연스럽게 떠올랐어요. 육아를 시작했기 때문인 것 같습니다. 가슴 벅차면서도 감당하기 힘든 육아를 '돌봄 노동자' 관점에서 바라보며 의미와 가치를 찾는 일이 꼭 필요한 것 같았어요. 그런데 '돌봄'은 노후 대비와 관련해서도 빼놓을 수 없는 단어였습니다. 아무리 꾸준히 운동을 해도 인간은 늙으면 병이 듭니다. 탄탄한 경제력이 뒷받침되는 노후를 맞았더라도 나를 제대로 돌봐줄 사람이나 시스템을 찾지 못한다면 비참해

CCCCCCCCCCCCCCCCCCCCCCCC

키워드 : 돈		
읽은 책	계획(결심)	행동(변화)
《더 해빙》	• 소비를 줄이려고 안달복달 하기보다 꼭 필요한 물건을 행복하게 소비하기 • 1,000원을 쓰는 순간에도 감사하는 마음 갖기 • 소액 투자하기	• 돈에 대한 긍정적인 이미지 형성 • 목표 저축액 달성 • 삶의 질 상승 • 심리적 안정 • 동물 단체 기부
《노마드랜드》	• 내 집 마련하기 • 노후까지 할 수 있는 일 찾기 • 캠핑카에서 살아보기	• 집 매물 서치 • 모기지 브로커 만나기 • 올해 안에 집 사기

• **표2** 키워드 독서의 성취 결과

지고요. '꾸준함'과 '돈'에 대해 공부하다 보니 우리 인생에서 중요한 건 서로가 서로를 살뜰히 돌보는 일이라는 생각에 가닿게 된 것 같아요. 누군가를 정성껏 돌보려면 꾸준함과 돈이 바탕이 되어야 한다는 생각도 들고요.

그후 제 속에서 다양한 질문이 쏟아졌습니다. 아이를 잘 돌본다는 건 어떤 의미일까, 부모님이 장기간 병원에 입원하면 어떻게 돌봐드려야 할까, 내가 병이 들었을 때 어떤 돌봄을 받을 수 있을까, 마음이 힘든 이웃이 있을 때 어떻게 돌볼 수 있을까.

한 해 동안 독서를 하면서 그 답을 찾는 공부를 하려고 합니다.

그런데 최근 관련 있는 책을 우연히 발견했습니다. 《케어》라는 책이에요. 저자이자 정신과 의사 아서 클라인먼 박사가 알츠하이머에 걸린 아내를 10년간 간병한 경험이 담겨 있습니다. 프롤로그의 한 구절을 읽고 깜짝 놀랐어요. 저의 모든 질문에 대한 답에 근접한 말이라는 기분이 들었거든요. 내용은 이렇습니다.

■ 돌봄의 미천한 순간들, 즉 이마의 식은땀을 닦아주고 더러워진 시트를 갈고 짜증을 달래고 마지막 순간에 사랑하는 사람의 볼에 키스할 때 내 안의 가장 훌륭한 나의 모습이 구현된다. 돌보는 사람과 돌봄을 받는 사람에게도 일종의 구원이 찾아온다. 돌봄은 가족, 지역, 사회를 끈끈하게 연결한다. 돌봄은 우리가 어떻게 살아야 하고 우리가 누구인지를 알려주는 또 하나의 서사를 제공한다.*

돌봄 자체가 삶을 사는 방식과 나의 정체성을 드러내준다는 문장이 와닿았어요. 이 글을 읽고 돌봄과 함께 '유대'라는 단어를 올해의 키워드로 살포시 추가해보았습니다. 돌봄이라는 단어를 품고 키워드 독서를 하고 난 1년 후, 저 자신이 어떤 모습일지 참 궁금하네요. 책을 읽고 보니 〈표3〉과 같이 몇 가지 계획과 소망이 정리되

* 아서 클라인먼 지음, 《케어》, 시공사, 2020

CCCCCCCCCCCCCCCCCCCCCCCCC

올해의 키워드 : 돌봄, 유대

읽은 책	계획(결심)	행동(변화)
《케어》	• **'돌봄'의 의미 발견:** 육아를 소재로 블로그에 글쓰기 • 지역 맘 커뮤니티에 참여하거나 새로 만들 것 • 가족과 친구들에게 정기적으로 연락해 안부 묻기 • **좋은 이웃을 만나고 싶다:** 먼저 좋은 이웃이 될 것 • **운동하기:** 남을 돌보기 위해 체력을 기를 것 • **친구들에게 집밥 대접하기:** 요리 실력을 기르자	

• **표3** 올해의 키워드 독서 계획

었어요. 변화의 칸은 차차 채워가려 합니다.

여러분도 저처럼 올해의 키워드를 설정해 책을 읽어보세요. 사유가 계획과 결심으로, 행동으로, 1년의 계획으로 뻗어나가는 알찬 독서를 하실 수 있습니다. '인생의 키워드'를 찾아 평생 공부하는 재미를 만끽하셔도 좋고요. 분명 완독 이상의 경험을 하실 거라 믿습니다.

올해 내 삶의 키워드를 설정해보세요.

1일 PT

키워드를 생각하기 어렵다면 다음의 질문에 답해봅시다.

- 작년 한 해를 어떻게 보내셨나요?
- 최근 관심을 갖게 된 이슈가 있다면 무엇인가요?
- 친한 친구를 만났을 때 주로 화제에 올리는 이야기가 있다면?
- 올해는 어떤 한 해가 되기를 바라시나요?

글로 쓰다 보면 나도 모르게 반복해서 사용하는 단어가 있을 거예요. 바로 그것을 올해의 키워드로 설정해봅시다. 키워드를 정했다면 관련 책을 골라 읽어보고, 한 달 또는 한 해 계획이나 소망을 적어봅니다. 책을 읽은 후 겪은 변화도 같이 기록해보고요!

등장인물 이름 기억하는 법

소설책을 읽다 보면 등장인물 이름이 헷갈려서 초반에 읽다가 포기하는 경우가 있습니다. 외국 문학의 경우 이국적인 이름이나 낯선 지명 때문에 집중하기가 더 어려울 때가 있어요. 그렇다고 너무 서둘러 책장을 덮지 않으셨으면 좋겠어요. 처음 보는 고유명사를 한 번에 기억하는 건 누구에게나 어려운 일입니다.

이런 경우를 생각해보면 어떨까요? 열 명이 처음 만나 통성명을 합니다. 그중 자신을 제외한 아홉 명의 이름을 한 번에 기억할 수 있는 사람은 몇 명일까요? 집중력을 발휘해 모든 사람의 이름을 한 번에 외웠다고 칩시다. 그 이름과 당사자를 제대로 매칭하는 건 또 다른 과제죠. 수 시간 대화를 나누면서 서로의 특징이나 개성을 파악하고, 상대의 이름을 여러 번 호명하고 나서야 저절로 외울 수 있게 됩니다. 물론 집에 가서 하룻밤자고 나면 '그 사람 이름이 뭐였더라' 하고 기억력을 짜내야 하는 순간이 오지만요.

제가 만났던 어떤 분은 누군가를 처음 만나 통성명을 할 때 수첩에 이름을 꼭 적는다고 하더군요. 이름 옆에 '짧은 단발머리' '핑크색 코트' '보조개'처럼 특징이 되는 내용도 같이 적으시더라고요(제 이름 옆에는 '터프걸'이라고 적으시더군요…). 그런가 하면 대화 중 수십 번 이름을 알려줬는데도 헤어질 때 "성함이 뭐였죠?" 하고 되묻는 분도 있어요. 이렇게 말하는 저도 그분의 성함이 기억나질 않지만요.

인물 관계도 그려보기

앞서 책을 읽을 때 '나를 즐겁게 해라' '나를 이해시켜라'라는 마음가짐보다 책 속 인물과 스토리를 능동적으로 알아가려는 태도가 필요하다고 말씀드렸습니다. 방금 소개해드린 분처럼 등장인물의 이름을 적고 옆에 여러분에게 인상 깊게 다가온 인물의 특징도 간단하게 써두기를 권합니다.

물론 어떤 소설은 독자를 배려해 첫 페이지에 인물 소개나 가계도를 친절하게 넣어주기도 합니다만, 독서를 하면서 이름 하나 확인하려고 왔다 갔다 하기 귀찮잖아요. 오히려 더 헷갈리기도 하고요.

그래서 저는 여러분이 직접 인물 관계도를 그려보면 좋겠어요. 사이즈가 큰 포스트잇에 써놓고 독서할 때 잘 보이는 곳에 붙여놓으세요. 좀 이상하게 들릴 수도 있는데, 등장인물의 이름을 육성으로 불러보는 것도 도움이 됩니다. '표도르 파블로비치 카라마조프' '카체리나 이바노브나 베르호프체바' '니콜라이 일리치 스네기료프'…. 불러도 익숙해지지 않는다면 '표도르' '카체리나' '니콜라이' 등 짧게 이름만 기억하세요. 저는 이마저도 어려워서 초성의 이미지로 기억합니다. 머릿속에 떠올리는 겁니다. 'ㅍㄷㄹ' 'ㅋㅊㄹㄴ' 'ㄴㅋㄹㅇ'….

그나저나 러시아 사람들은 기억력이 좋은가 봅니다. 러시아에서 사람을 만나려면 이름을 메모할 수첩이 필수겠어요.

3장

완독 훈련 WEEK 3

펜과 노트를 들고 내게 맞는
독서법을 찾아봅시다

어디에 밑줄을 긋냐고요?

앞에서 밀란 쿤데라의 《참을 수 없는 존재의 가벼움》을 언급하고 나니 책 속 한 장면이 생각나네요. 여성 편력이 심한 남편, 토마시를 어떻게든 견뎌보려고 자신도 맞바람을 피우려 시도하는 대목입니다. 정조를 버리고 '참을 수 없이 가벼운' 사랑에 뛰어들기로 한 테레자는 한 남성을 우연히 만나 그의 집으로 초대를 받습니다.

떨리는 그 순간 테레자의 눈에 가장 먼저 들어온 건 상대 남성의 육체가 아니라 수백 권의 책이 꽂힌 책꽂이였습니다. 테레자는 이런 책꽂이를 가진 사람이라면 자신에게 나쁜 짓을 할 리 없다고 안심하지요.

낯선 남자의 집에 가서 좋아하는 책을 발견하고 불안감을 해소한다는 게 좀 이상하긴 하지만, 사실 살짝 공감이 가더라고요. 저도 누군가의 집에 처음 놀러 가면 책꽂이를 살피게 되거든요. 그 사람의 관심사나 취향을 알 수 있을 뿐만 아니라 제가 특별히 의미를 두는 책을 가지고 있으면 친밀감을 느끼게 되고요.

어떤 독서가는 'What you eat is what you are'라는 명언을 변형해 'What you read is what you are'라는 말을 합니다. 오늘 저는 이 말을 한 번 더 바꿔볼게요. '당신이 밑줄 친 문장이 곧 당신이다'라고요. 오늘은 제가 어떤 문장에 주로 밑줄을 치는지, 최근 읽은 책에 그은 문장을 가지고 이야기해보겠습니다.

내가 하고 싶었던 말을 담은 문장

작가는 무형의 생각을 유형의 언어로 빚어내는 사람이라고 생각해요. 똑같은 경험에서 비슷한 감정을 느껴도 오랫동안 갈고닦은 기술로 남다르게 표현해내죠. 하고 싶은 말을 속 시원히 하지 못해 답답해하는 아이의 마음을 엄마가 자신의 능숙한 언어로 대신 알아주고 표현해주는 것처럼요. 그래서 책을 읽다 보면 '아, 나도 이런 비슷한 생각을 했는데 말로 표현해내다니 멋지다!' 하고 감탄하는 순간이 있습니다. 가려운 곳을 긁어주는 것처럼 속이 시원하기도 하고요. 저는 그런 문장에 밑줄을 그어요. 여러분이 고독의 순간을 좋아하지만, 왜인지 말로 설명하기 힘들다면 다음과 같은 문장을 읽으며 마음이 편안해지실지 모르겠습니다.

■ 사이사이 지나가는 천진하고 충만한 순간들이 있다. 시간이 흐르고 생이 존재하는 동안에는 필연적으로 존재하는, 그래서 결코 사라질 수 없는 중립의 시간이 있다.[*]

■ 고독은 가치 없는 체험이 결코 아니며, 우리가 소중히 여기고 필요로 하는 모든 것의 중심에 그대로 가닿는다는 것을. 외로운 도시에서 경이적인 것이 수도 없이 탄생했다. 고독 속에서 만들어졌지만, 고독을 다시 구원하는 것들이.[**]

삶에 조언이 되는 문장

살면서 어려운 순간에 놓일 때 우리는 타인의 조언을 필요로 합니다. 안타깝게도 현명한 조언자가 언제나 내 곁에 있는 건 아니죠. 하지만 책은 손 닿으면 펼칠 수 있는 거리에 있습니다. 몇천 년에 걸쳐 이어져 내려온 지혜부터 현대사회에 필요한 삶의 노하우를 설파한 스승을 한 지붕 아래에 모실 수 있어요. 게다가 그 충고

[*] 김진영 지음, 《아침의 피아노》, 한겨레출판, 2018
[**] 올리비아 랭 지음, 《외로운 도시》, 어크로스, 2020

가 어쩐지 내 마음을 불쾌하게 만든다면 언제든 책장을 덮기만 하면 됩니다. 간혹 말로 조언을 들을 때 상대를 쉽게 오해하는 경우가 생기잖아요.

내 상황이 너무 힘들면 마음이 삐딱해져서 누가 지혜로운 이야기를 해줘도 귀에 잘 들어오지 않죠. 위로받기는커녕 우위에 서서 나를 가르치고 판단한다는 생각에 반발심이 들 때가 있잖아요. 그럴 때 나에게 필요한 책을 골라 읽으면서 현실적인 조언을 스스로 발굴해내면 좋더라고요. 지친 나를 언제든 일으켜줄 수 있는 문장, 두고두고 내면을 성장시킬 영양분이 되어줄 문장에 밑줄을 그어봅니다. 어디서 많이 들어본 뻔한 문장이라도 밑줄을 긋고 한참 곱씹어보면 새롭게 다가와요.

■■■ 당신이 갖게 될 거라고 기대했던 삶이 아니라, 지금 당신이 가진 삶을 사랑하라. ***

■■■ 예기치 못한 순간에 삶이 다양한 가면을 쓰고 나타나 우리의 계획을 구부리거나 쪼개거나 뒤집어버리지만 배움은 흔히 이런 순간에 시작된다. ****

*** 개리 비숍 지음,《시작의 기술》, 웅진지식하우스, 2019
**** 마크 네포 지음,《그대의 마음에 고요가 머물기를》, 흐름출판, 2017

나를 키우는 깨달음의 문장

개인적으로 저는 자기 계발서뿐 아니라 모든 책을 '실용서'로 분류합니다. 장르에 상관없이 책에서 얻은 배움이나 깨달음을 일상생활에도 적용해야 한다는 점에서요. 예를 들어 인물들의 심리와 관계를 예리하게 다룬 소설책 한 권에서 처세술을 배우고, 운동에 관한 에세이를 읽으면서 건강 정보를 알게 되는 것이지요.

셰익스피어의 《햄릿》에도 데일 카네기적인 자기 계발 메시지가 곳곳에 담겨 있어요. 이를테면 이런 이야기들이죠. '욕망의 화살에 맞지 않도록 애정에 거리를 둬라' '악행은 제아무리 땅속 깊이 파묻어도 사람들 눈에 띄기 마련이다' '돈은 빌리지도 말고 꾸어주지도 마라'.

저는 책을 읽으면서 뭔가 배우고 있는 듯한 느낌을 좋아합니다. 특히 일과 관련된 배움일 때는 더 그렇습니다. 동료도 선배도 없이 해외에서 홀로 작가로서 커리어를 쌓아가는 처지다 보니, 배움에 대한 절실함이 더 커지더라고요. 그래서 글쓰기를 잘하고 싶도록 자극을 주는 문장에 밑줄을 긋습니다. 여러분도 어떻게 하면 지금 하는 일을 더 꾸준히 잘해낼지 그 답을 책에 밑줄을 그으며 찾아보시면 어떨까 합니다.

■■■　글을 쓸 때 나는 타인의 이야기에 더 귀 기울이고 더 자세히 보려

고 애쓰고 작은 것이라도 깨닫기 위해 노력한다. 글을 쓸 때처럼 열심히 감동하고 반성할 때가 없고, 타인에게 힘이 되는 말 한마디를 고심할 때가 없다.*

■■■■ 그러니 여러분, 앞으로의 이십년을 버텨내세요. 쉬운 일은 아닐 테지만 모퉁이가 찾아오면 과감히 회전하세요. 매일 그리되 관절을 아끼세요. 모든 면에서 닳아 없어지지 마십시오.**

소중한 사람과 나누고 싶은 문장

온라인 필사 모임을 진행하면서 다른 분들과 함께 읽고 쓰는 동안 한 가지 알게 된 사실이 있어요. 혼자 일기처럼 저장해두고 싶은 문장도 있지만 어떤 문장은 더 많은 사람과 케이크 조각처럼 나누고 싶어진다는 걸요. 애초에 책은 그런 의도로 쓰였다는 생각도 듭니다. 저는 책 한 권이 세상을 단숨에 바꿀 만큼 큰 영향력을 지니고 있다고는 생각하지 않아요. 책의 가치란 봄날의 꽃향기나 겨울의 바스락거리는 아침 공기처럼 슬며시 다가와 기분 좋게 퍼졌다 사라지는 정도인 것 같아요. 왔다가 사라지지만 결코 의미 없지는

* 홍은전 지음, 《그냥, 사람》, 봄날의책, 2020
** 정세랑 지음, 《시선으로부터,》, 문학동네, 2020

않죠.

사랑과 용기를 전하는 문장, 세상의 긍정적인 변화에 동참하도록 하는 문장, 고요한 내면으로 묵묵히 침잠하게 하는 문장, 오래 방치된 자신을 따뜻하게 돌보게 하는 문장, 제대로 잘 살고 있는 건지 질문하게 하는 문장, 속 깊은 대화의 물꼬를 틔워주는 문장. 그런 문장에 밑줄을 긋고 한발 더 나아가 좋아하는 사람에게 건네보세요. 그 문장이 금방 휘발될지라도, 그와의 관계는 더 특별해질지도 모릅니다. 손글씨로 적어 보낸다면 더욱 의미 있겠습니다.

오늘은 제가 여러분과 나누고 싶은 문장으로 트레이닝을 마무리할게요.

"행복을 말하는 것은 서로에게 손바닥을 보여주는 일처럼 은밀해야 한다. 내 손을 오래 바라본다. 나는 언제 행복했던가."*

* 한정원 지음, 《시와 산책》, 시간의흐름, 2020

소중한 사람에게 책 편지를 보내보세요.

오늘 읽은 문장 중 좋아하는 사람과 나누고 싶은 문장을 필사해보세요. 손글씨로 예쁘게 적은 문장을 사진으로 찍어 문자로 전송합니다. 그 자체로 한 장의 감동적인 책 편지가 될 거예요. 우편으로 보내면 더 좋겠죠! 오랜만에 우체국에서 편지를 기다리는 아날로그적 설렘까지 선물할 수 있을 테니까요.

나다운 독서를 하기 위해

저는 대학 시절 영문학을 전공했습니다. 취업 선택 폭이 좁아 문학을 공부한 걸 후회하기도 했죠. 졸업한 지 10년쯤 되니 학부 시절의 배움이 내면의 코어를 기르기 위한 기초 체력이 됐다는 생각이 들어요.

물론 아쉬운 점도 있었습니다. 텍스트를 다양한 시선과 틀로 바라볼 기회를 갖지 못했다는 거예요. 고등학교 수업과 마찬가지로 시험에 나올 만한 내용을 필기하고 암기하는 데 급급했던 것 같아요.

오늘의 독서법을 설명하기 위해서 잠시 저의 대학 시절 이야기를 소환해보겠습니다. 20세기 영국 문학을 대표하는 작가 E. M. 포스터의 《인도로 가는 길》이란 소설을 다룬 마지막 강의는 아직도 기억에 남아 있습니다.

《인도로 가는 길》은 영국 식민지 시절의 인도를 배경으로 영국에서 온 필딩 교수와 약혼자를 만나러 인도를 방문한 아델라, 그리고 인도인 의사 아지즈의 우정을 다룬 소설입니다. 일제 식민지 시대의 조선인과 일본인이 친구가 될 수 있는지 상상한다면 꽤 흥미로운 소재의 소설이죠. 이들은 국가 간의 지배와 피지배 관계를 뛰어넘으며 허물없이 서로를 대합니다. 상호 다른 문화와 관습을 이해하려고 노력하며 신뢰를 쌓아가는 관계처럼 보였죠. 성숙해 보이는 이들의 우정이 얼마나 연약한 것이었는지 드러나는 데는 긴 시간이 걸리지 않습니다(다음 내용은 스포일러가 될 수 있으니 소설을 읽고자 하는 분들은 건너뛰셨다가 나중에 읽기를 권합니다).

어느 날, 아델라는 아지즈에게 영국인들이 보는 '가짜 인도' 말고 인도인들의 '진짜 인도'를 보여달라고 요청합니다. 이 제안은 진짜 인도의 모습이 바라나시 시체 화장터에 있다고 생각하는 외국인 관광객의 성급함을 닮았습니다만, 자신의 조국에 대해 별생각 없이 그저 영국인과 친구가 되었다는 데 신난 아지즈는 한여름 더위를 뚫고 동굴 탐험 가이드를 자처합니다.

그런데 이게 웬일, 동굴에서 아델라는 동굴의 미스터리한 분위기에 취했는지 아니면 더위를 먹었는지 착란을 일으키고, 아지즈가 자신을 성추행했다고 믿으며 여행에서 돌아와 그를 고소하죠. 재판을 앞두고 둘의 분쟁은 급기야 민족 간의 갈등으로 번집니다. 아지즈를 끝까지 믿어준 필딩 교수의 노력으로 무죄판결이 나기는 했지만 선의를 배신당한 아지즈는 그에게 이런 말을 남깁니다. 다음은 《인도로 가는 길》의 마지막 부분이에요.

- ■■ "우린 지독한 영국인들을 한 사람도 남김없이 바다에 처넣을 거예요. 그다음에." 그는 필딩을 향해 맹렬히 달려갔다. "그다음에." 그는 필딩에게 반쯤 입을 맞추며 결론지었다. "당신과 나는 친구가 될 거예요." "왜 지금 친구가 될 수 없지요?" 필딩이 그를 다정하게 껴안고 말했다. "나도 원하고 당신도 원하는데." *

화해를 한 것도 아니고 안 한 것도 아니고 굉장히 어정쩡한 결말이지요. 세련된 말로 '열린 결말'이라고들 합니다. 여러분이 어떤 성향인지에 따라 결말은 다르게 해석될 수 있을 것 같아요.

저는 관계란 적당한 '거리 두기'가 바탕이 되어야 신뢰를 쌓을 수 있다고 믿는 사람이에요. 그래서 처음 만나 단시간에 친분을 쌓기 위해 돌진하는 사람을 보면 뒷걸음질 치는 타입입니다. 만일 그

---

* E. M. 포스터 지음, 《인도로 가는 길》, 열린책들, 2020

사람과 내가 권력관계에 놓여 있다면 더 조심하게 되고요.

'계급장 떼고 우리 친구 하자'고 이야기할 수 있는 사람은 권력을 가진 사람이에요. '피지배자'가 '피지배자다움'을 잃을 때 그 우정엔 균열이 생깁니다. 친구가 되더라도 반말은 하면 안 되는 거죠. 이런 시각을 가진 제게 필딩 교수와 아지즈, 이 둘의 우정은 망한 것처럼 보여요. '영국인을 한 사람도 남김없이 바다에 처넣'겠다잖아요. 인용한 아지즈의 대사는 제게 '영국인이 존재하지 않는 다음 생이란 게 있다면 그때 만나 친구 하자'처럼 들립니다.

그런데 당시 교수님은 두 사람이 우정을 회복할 수 있다고 믿었습니다. 학생들의 의견이 궁금했던 교수님은 두 사람이 친구가 될 수 있는지 없는지 물었습니다. 없다는 쪽에 손을 든 사람은 소신은 있지만 소심하기 짝이 없는 저와 제 친구, 둘뿐이었지요. 그와 저는 어쩐지 구제 불능의 회의주의자가 된 것 같아 민망해서 강의실을 뛰쳐나가고 싶어졌고요. 강의실에 있던 90퍼센트의 학생들은 교수님 의견에 손을 들었습니다. 세상은 아직 살 만하구나 싶으면서도, 닫힌 결말로 황급히 마무리된 강의에 불만을 품을 수밖에 없었지요.

미국 드라마에 나오는 것처럼 손을 번쩍 들고 폼 나게 "교수님, 저는 그렇게 생각하지 않습니다" 하고 이의를 제기하고 싶었지만, 오랜 세월 주입식 교육에 물들어 있던 저와 친구에게 그런 용기가 있을 턱이 없었고, 곧 기말시험이 찾아왔으며 저는 줏대 없이 '둘의 관계는 희망적'이라고 적어넣었습니다. 그 수업 성적은 B였습니다. 아시죠? 대학교에서 B를 받는다는 건 《인도로 가는 길》의 마지막 장면만큼이나 열린 결말이라는 거. 어정쩡하다는 거죠.

현대 사회심리학자 무자퍼 셰리프는 이런 줏대 없는 태도를 '동조conformity 효과'라는 용어로 멋지게 설명한 바 있습니다. 정답이 없거나 모호한 상황에서 개인은 집단, 또는 권력자의 의견을 따라가기 쉽습니다. 개인주의 사회보다는 집단주의 사회에서 더 많이 보이는 경향이라고 해요. 학창 시절 내내 선생님의 가르침에 문제나 의문을 제기하는 일이 드문 우리 문화에서는 독서를 하면서도 스스로의 목소리를 묵인하기 쉽습니다. 하나의 안전한 틀 안에서 텍스트를 해석하려는 방만을 나도 모르게 저지르게 돼요.

우리보다 더 많이 배우고 공부한 사람이라는 이유만으로 인문학 교수, 비평가, 평론가를 신뢰합니다. 그러나 텍스트를 해석하는 데는 정답이 없습니다. 각자의 경험과 관점을 바탕으로 다른 해석을 하면서, 타인을 폭넓게 이해하고 다양성을 배울 수 있다고 생각합니다.

책과 나의 일상이 전문가의 줄거리 요약이나 비평가의 평론, 고전문학에 실린 작품 해설이 책을 읽는 데 분명 도움이 되지만 방해가 될 때도 있다고 생각해요. F. 스콧 피츠제럴드가 쓴 《위대한 개츠비》의 유명한 메타포, 초록 불빛이 '이룰 수 없는 꿈, 희망, 사랑,

낭만에 대한 상징'이라고 단정한 후 책을 읽는 것만큼 시시한 일이
또 어딨을까요. 누구나 알 법한 헤르만 헤세의《데미안》의 한 구절,
'새는 알을 깨고 나온다'는 문장의 의미를 미리 조사한 뒤 이 책을
읽는 것만큼 창의적이지 않은 독서가 또 있을까요.

텍스트 해석에 정답은 없습니다

　책 속 이야기와 내가 처한 상황, 경험이 절묘하게 중첩될 때 우
리는 독서의 쾌감을 느낍니다. 반면, 독서를 내 삶과 분리한 채 분
석과 지적 활동으로 삼으면 고루한 사람이 되기 십상이죠.

　《위대한 개츠비》를 읽고 '위대한'의 의미를 분석하거나, 1920년
대 미국 역사를 읊으면서 물질 만능주의를 비판하는 시각은 흔합
니다. 그러나 재미없어요. 하지만 상대적으로 목소리가 작은 1920
년대의 여성, 데이지나 조던의 삶을 21세기를 살아가는 나와 견주
어 이야기한다면 재밌을 겁니다.

　헤르만 헤세의《데미안》을 읽고 성장통을 겪는 인간의 내면세계
를 성찰하는 것은 분명 의미 있는 사고지만, 내가 양육자나 교사라
면 청소년 교육에 대해 생각해볼 수 있는 거겠죠. 어른들은 대개 아
이들이 흠 없는 선의 세계에서 자라기를 바라지만 그것이 현실적
으로 가능한 일인지, 가능하다 하더라도 부작용은 없는지 다방면에

서 철학적 질문을 던지고, 교육 현장에서 적용해보는 거예요.

조금 복잡하게 느껴지나요? 하나도 어렵지 않습니다. 책 내용과 내 삶, 일상이 어디에서 만나고 충돌하는지 지켜보기만 하면 돼요.

전문가의 비평이나 감상을 독서를 위한 절대적인 참고서로 삼기보다 오히려 그들의 생각에서 벗어날 수 있는 지표로 삼으면 어떨까 해요. 해석의 틀에 내 생각을 가두기보다 틀에서 벗어나는 용도로 사용하는 겁니다. 이는 다른 사람의 의견과 행동에 끌려다니지 않고 사물과 세상을 바라보는 나만의 관점을 키우는 훈련입니다. 지금이라도 타임머신을 타고 그때의 강의 시간으로 돌아간다면 당당히 손을 들고 저의 의견을 피력해보고 싶습니다.

혹시라도 교수님이 이 글을 보신다면, 소신을 접고 적어 낸 시험 답안지에 B를 주셔서 이런 글을 쓰는 건 아니라는 점, 오해 없으시길 바랍니다.

자신의 언어로 감상을 적어보세요.

책을 읽고 멋진 감상을 남기고 싶다는 생각, 한 번쯤 해보셨을 거예요. 제가 느끼기에 멋진 감상은 자기 고유의 언어로 재해석한 감상입니다. 화려한 미사여구나 철학적인 단어를 애써 떠올리기보다 여러분의 상황, 경험, 느끼고 있는 감정, 생각, 고민에 초점을 두고 책의 내용과 이야기를 해석해보세요.

물음표 독서법
저자에게 딴지 걸기

완독 훈련 3주 차에 접어들었습니다. 이미 책 한 권을 완독한 분도 계실 것 같네요. 아직 책 진도가 많이 나가지 않은 분이라도 실망하지 않았으면 해요. 저마다의 시간은 다른 속도로 흘러갑니다. 느린 게 아니라 다른 거예요.

다만, 너무 늘어져서 책과 멀어지지 않도록 속도를 조율할 필요는 있습니다. 아무리 읽어봐도 나와 맞지 않는다면 과감히 책장을 덮고 다른 책을 골라봅니다. 성급하게 책을 판단하지 말라고 말씀드렸지만, 열흘 이상 진도가 나가지 않는다면 여러분도 할 만큼 한 거니까요. 내일부터 과감히 다음 책으로 넘어가도 괜찮습니다.

독서는 저자와의 대화라는 말을 흔히 합니다. 문득, 여러분은 책을 읽으며 저자와 소통하고 계신지 궁금합니다. 그렇다면 오늘은 어떤 대화를 나누셨나요? 대화할 때 상호 간의 적당한 공감은 관계에 활기를 불어넣습니다. 그러나 한 사람만 일방적으로 배려하고 맞장구치는 경우는 어떤가요? 상대의 이야기를 시종일관 듣기만 해야 하는 대화, 상대의 기분을 맞춰주느라 내 기분은 돌보지 못한 채 무조건 공감만 해야 하는 대화가 얼마나 진실할까요?

말하기보다 듣기가 편한 사람이라도 매번 듣는 역할만 하기란 쉽지 않은 일입니다. 70을 들었다면 30은 말할 수 있어야 하고, 오늘 듣는 사람이었다면 내일은 내 이야기를 할 수 있어야 합니다. 애정을 담은 따뜻한 공감도 중요하지만 반대되는 생각이 들 때는 상대에게 정중하게 이의를 표시할 수 있어야 하고요. 다른 생각까지 존중받을 때 관계는 깊어집니다.

비판적인 시각으로 읽기

성숙한 관계에서만 주고받을 수 있는 깊이 있는 대화. 저는 이것을 독서할 때도 적용하려고 합니다. 작가는 결코 완벽한 사람이 아니에요. 많은 경우 똑똑하고 영리한 사람들이지만 모순을 안고 있는 존재죠. 내가 아무리 작가의 팬이라 해도 그가 쓴 모든 문장과 생각이 나의 것과 언제나 일치할 수는 없습니다. 전작에서는 분명

A라고 말했는데 신작에서는 A가 아니라고 말하기도 합니다. 사람은 변화하기 때문이죠. 미운 사람 흠잡듯 책에서 작가의 사적인 모순을 찾아내라는 뜻은 아니에요. 오히려 그 반대죠. 작가에 대한 애정을 가지고 고도로 집중해서 꼼꼼하게 읽어야 나와 다른 의견에 제동을 걸 수 있으니까요. 마음을 열고 읽되, 비판적인 시각 또한 장착하는 겁니다. 그래야 '독서는 저자와의 대화'라는 말이 제대로 성립할 수 있지 않을까 해요. 공감을 표하는 느낌표만큼이나 이의를 제기하는 물음표가 필요합니다.

여러분의 이해를 돕기 위해 오늘도 예를 하나 들어볼게요. 끝없이 찬사를 보내고 싶을 만큼 좋아하는 책에서 제가 물음표를 남긴 구절 중 하나입니다.

■■■ 뇌는 엄청나게 다채로운 산물을 만들어내는 개개인마다의 현상인 데 비해 자궁은 오로지 한 종류의 산물만을 만들어낸다. 내가 아이를 갖지 않은 이유는 여러 가지다. 나는 피임을 아주 잘한다. 아이들을 사랑하고 이모나 고모가 되는 걸 좋아하지만 또한 고독을 사랑한다.*

---

* 리베카 솔닛 지음, 《여자들은 자꾸 같은 질문을 받는다》, 창비, 2017

미국의 페미니스트 운동가이자 문화 비평가 리베카 솔닛의 《여자들은 자꾸 같은 질문을 받는다》 서문 중 일부입니다. 이 책은 가부장제 속에서 여성들이 침묵을 강요당해온 세월, 그 침묵의 균열 사이로 들리기 시작한 여성들의 목소리와 이야기를 담고 있습니다. 어떤 작가의 글은 읽다 보면 남보다 더 많은 언어를 보유해 문장을 자유자재로 부린다는 생각이 들곤 하는데, 리베카 솔닛의 글이 그렇더라고요.

저자는 여성들이 흔히 받는 "왜 아이를 낳지 않습니까"라는 몰지각한 질문에 대한 이야기로 서문을 시작합니다. 저도 한때는 딩크족이었기에 답이 정해진 그 무례한 질문에 담긴 사회적 강요와 폭력성을 잘 알고 있었습니다. 그래도 '자궁은 오로지 한 종류의 산물만을 만들어낸다'라는 문장에는 동의하기 힘들었어요. 자궁도 뇌만큼이나 다채로운 산물을 만들어낸다고 생각하거든요. 그 생명을 '아기'라는 하나의 범주로 뭉뚱그리지만 않는다면요. 저는 그 문장 옆에 이렇게 생각 낙서를 적어 넣었습니다.

> **메모** 인간의 뇌가 형성되는 곳은 자궁 안이고, 100개의 자궁 속에서 100명의 다른 아기가 태어난다. 이때 과연 자궁이 한 종류의 산물만 만들어낸다고 단정할 수 있을까. 뇌와 비교해 자궁을 폄하하는 대신, 어리석은 질문을 하는 사람의 뇌를 지적했어야 한다고 생각한다.

제 질문에 대해 리베카 솔닛이 대답해줄 가능성은 제 책이 번역되어 리베카 솔닛의 손에 쥐어질 확률만큼이나 낮습니다. 하지만 밤에 잠 못 잘 정도로 궁금하다면 저자에게 이메일을 보내거나 북토크에 참여해서 정중하게 질문해볼 수도 있겠죠. 책을 다시 한번 읽어보며 글의 맥락에서 혹여 내가 놓쳤을지 모를 저자의 의도를 헤아려보고, 저자의 다른 저서에서 그 답을 찾아보려 할 수도 있습니다.

어쩌면 영어에서 한국어로 번역되는 과정에서 피치 못하게 원문의 뉘앙스를 다 살리지 못해 오독했을 가능성도 있으니 원서를 구입해서 읽어보는 것도 방법이겠고요. 독서 모임에 나가서 다른 사람들은 어떻게 생각하는지 의견을 들어볼 수도 있겠습니다. 어찌됐든 작가의 문장을 향한 우리의 반박은 미숙하고 어설플 때가 많을 테니까요. 그렇다 해도 이 애정 어린 반발심이야말로 우리로 하여금 저자와 깊은 대화를 나누게 하는 에너지가 된다고 생각해요. 실제로 《여자들은 자꾸 같은 질문을 받는다》에서 다루는 주제 중하나가 '반발'이기도 하고요.

이 책에 실린 '여자가 읽지 말아야 할 책 80권'이라는 제목의 글은 질문하며 읽기의 중요성을 일깨웁니다.

■■■■ 내가 볼 때 어떤 책들은 독자에게 여자란 쓰레기라고, 혹은 액세

서리로 존재할 뿐 그 밖에는 없다시피 한 존재라고, 혹은 천성적
으로 못되고 어리석은 존재라고 가르치는 지침이다.*

저는 이 구절을 읽고 로맹 가리의 단편《새들은 페루에 가서 죽
다》나 무라카미 하루키의《노르웨이의 숲》을 예전만큼 좋아하지
않게 되었습니다. 리베카 솔닛식 의구심을 가지고 책을 읽어보니
여성 캐릭터가 액세서리로 존재한다는 생각이 들더라고요.

좋아했던 작가와 멀어지는 일은 아쉽지만, 이런 독서법을 바탕
으로 독서가 저자와 독자의 대화라는 사실을 몸소 경험하게 되어
기쁘기도 합니다. 우리가 서로 깊은 대화를 통해 갈등과 충돌을 해
결하면서 더 돈독해지기도 하고, 불필요한 관계는 자연스럽게 끊어
지기도 하는 것처럼 책과 우리의 관계도 그렇지 않을까 해요.

작가를 향한 팬심에서 우러나오는 무조건적 공감보다는 오늘은
조금 삐딱한 시선으로 책을 읽어보면 어떨까요?

* 리베카 솔닛 지음,《여자들은 자꾸 같은 질문을 받는다》, 창비, 2017

작가의 시선과 다른 시선으로 책을 읽어보세요.

1. 오늘 읽은 문장 중 공감이 잘 되지 않았던 문장과 그 이유를 적어봅니다.
2. 같은 책을 읽은 지인이나 독서 모임에서 1번에 대해 논의해봅니다.

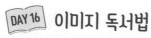

내가 영화감독이라면

여러분이 영화감독이 되었다고 상상해봅시다. 기존에 나와 있는 책을 시나리오로 각색해서 영화화할 계획을 갖고 있죠. 흥행을 염두에 두고 있는 연출가로서 책을 고를 때 무엇을 고려하실 건가요?

저라면 앞으로 무슨 일이 벌어질까 매 순간 손에 땀을 쥐게 하는 이야기를 택하고 싶네요. 미야베 미유키의 《화차》나 정유정의 《28》처럼요. 많은 사람이 공감할 만한 이야기도 좋겠어요. 공지영의 《우리들의 행복한 시간》, 조남주의 《82년생 김지영》처럼요.

주인공 역에 누구를 캐스팅하면 좋을까, 배우들은 어떤 옷을 입고 어떤 얼굴을 하게 될까, 촬영지는 어떤 곳이 좋을까, 조명과 음악의 분위기는 무엇이 알맞을까 상상해보는 것도 재밌겠어요.

문자를 영상으로 구현했을 때 얼마큼 관객의 눈을 사로잡을 수 있을지도 염두에 두어야 할 것 같아요.《해리포터》《반지의 제왕》《헝거게임》같은 소설이 영화로 구현된 걸 보고 있으면 인간의 창의력과 기술의 조합이야말로 마법 그 자체라는 생각을 하게 됩니다.《안나 카레니나》나《오만과 편견》《인생의 베일》같은 고전문학이 시대극으로 바뀔 때는 타임머신을 타고 여행하는 기분이 들고요. 현대에서는 볼 수 없는 화려한 의상과 헤어스타일, 건축, 풍경, 소품 등 디테일한 요소까지 풍부한 볼거리가 됩니다.

이미지를 그리며 읽기

제가 이렇게 영화 이야기를 장황하게 하는 이유를 혹시 눈치채셨을까요? 만일 여러분이 어떤 책을 읽어도 잘 읽히지 않는다면, 머릿속에서 소설을 영화화 즉 이미지화해보세요. 독서를 잘하려면 어휘력만큼이나 상상력이 좋아야 하는 것 같아요. 활자를 읽는 동시에 이미지로 빠르게 전환하는 능력이 어쩌면 속독의 노하우인지도 모르겠어요.

저는 칼 세이건의《코스모스》를 완독하면서 이미지 독서법을 자주 사용했습니다. 천문학 역사 기행이나 가상의 우주 탐험을 하듯 생생하게 이미지를 떠올리며 읽은 덕분에 포기하지 않고 700페이지가 넘는 이 책의 완독에 성공했습니다. 이미지 독서법을 활용해 독서를 하면 한 권의 책이 하나의 이미지로 각인되는 효과도 볼 수 있습니다.

저에게 《코스모스》는 '미래로 띄운 편지'라는 낭만적인 제목의 글이 영화의 첫 장면처럼 남아 있어요. 광막한 우주 어딘가에 우리보다 훨씬 앞선 기술 문명을 일구며 사는 외계 행성의 존재를 상상하며, 목성과 토성을 향해 두 척의 보이저 탐사선을 쏘아 올렸다는 부분입니다. 두 척의 탐사선에는 지구의 언어와 인간의 유전자 정보, 그리고 1시간 30분 분량의 음악을 수록한 레코드판을 실었다고 해요. 저자는 이것을 인류의 사랑을 실어 보낸다고 표현했지요. 낭만적인 표현입니다. 제가 영화감독이라면 이 부분을 다음과 같이 각색하겠어요. 참고로 저는 시나리오 작가는 아니니 조금 어설퍼도 이해해주세요.

"적막으로 가득한 새카만 빈 화면. 카메라가 점점 줌인하면 무인 탐사선 보이저호가 가까이 보이기 시작한다. 평생의 반려자를 잃은 사람처럼 외롭고 고독해 보이는 형상. 그때, 우주의 침묵을 뚫고 잡음 섞인 음악이 흘러나온다. 우주에 울려 퍼지는 음악은 엘비스 프레슬리의 〈Can't Help Falling in Love〉. 이 곡은 외계 생명체를 향한 프러포즈 곡처럼 들린다. 우주를 짝사랑해 온 인간의 오랜 기다림이 그 결실을 맺는 순간. 보이저호 안으로 서서히 들어가는 카메라. 홀로 묵묵히 돌아가는 레코드판. 그때 알 수 없는 기적이 느껴지고, 기체 형태의 긴 손가락 모양의 외계 생명체들이 등장. 음악에 맞춰 춤을 추는 듯한 모습."

이처럼 책 내용을 이미지화하는 훈련은 독자가 이야기 중 어디에 방점을 둘 것인지와 연관이 있습니다. 천문학 서적을 읽으면서 비단 정보와 지식을 습득할 뿐 아니라, 한 편의 사랑 이야기를 읽은 듯한 느낌을 받을 수도 있는 것이죠. 이미지 독서법 덕분에 《코스모스》는 제게 한 편의 따뜻한 SF영화의 한 장면처럼 남아 있습니다. 우주를 정복하겠다는 야욕보다 우주 시민과의 우정과 사랑을 더 우선시하는 지구인의 이야기로요.

관찰력과 통찰력을 키우는 이미지 독서법

'이미지 독서법'은 나만의 관점으로 독서를 할 수 있는 힘을 키워줄 뿐 아니라 일상생활에서 관찰력과 통찰력을 길러주기도 합니다. 문자를 시각화하다 보면 반대로 현실의 풍경이 문자로 전환될 때가 있거든요. 일상의 이미지를 내 눈으로 해석하면서 예전과는 다른 심상을 느낄 수 있게 되는 거예요. 그럴 때면 무언가를 쓰고 싶다는 충동이 들기도 합니다.

저의 경험을 공유하겠습니다. 저희 집 식탁에서 밥을 먹고 있으면 발코니 너머로 큰 나무가 보여요. 키가 5미터는 됨직한 상록수가 사시사철 바람에 몸을 흔듭니다. 왠지 모르게 마음이 든든해져요. 그게 무슨 감정일까, 싶었는데 어느 날 이런 문장이 마치 내레이션처럼 불쑥 끼어들더라고요.

'혼자 있을 때도 그 여자는 도무지 외롭다는 생각이 들지 않았다. 세상의 모든 풍경과 사물이 시도 때도 없이 다정한 말을 걸었기 때문이다.'

그때 알았어요. 이름 모르는 나무와 나는 오랜 시간 무의식적으로 교감을 하고 있던 거였구나. 엉뚱한 이야기처럼 들리시나요? 저는 대개 일상에서의 글감을 이런 방식으로 얻습니다. 글을 쓰기 위해 책을 읽는 이유이기도 합니다.

이 분야의 전문가는 아무래도 시인들이 아닐까 해요. 가령 흔한 바다 풍경을 보고 아름답다, 슬프다, 힐링된다는 말 대신 독창적인 언어로 표현합니다.

■■■ 물결은
　　 내 근처에 다다라서야
　　 입에 거품을 문다

물결은 그 거품을

다시 겪고 싶지만

돌이키지 못한다

며칠 춥더니

감기가 풀렸다

확실히 이번 가을은

나만 고독한 것 같다

-〈바다를 통해 말을 전하면 거품만 전해지겠지〉 중에서*

여러분이 영화감독이라면 이 구절을 어떻게 영상으로 표현할 수 있을까요? 저는 이런 장면이 떠오릅니다.

시 속 화자는 트렌치코트를 입고 긴 머리를 휘날리며 제주의 바닷바람을 맞고 있어요. 해안가로 밀려왔다 사라지는 파도를 한참 동안 말없이 바라봅니다. 그가 어떤 눈빛을 가진 사람인지 궁금하니 클로즈업해볼래요. 소처럼 맑고 깊으면서도 크고 슬픈 눈을 하고 있네요. 코트 속 주머니에는 감기약이 든 봉지가 들어 있습니다.

* 이원하 지음, 《제주에서 혼자 살고 술은 약해요》, 문학동네, 2020

미련 많은 사람의 손길로 그 봉지를 만지작거리며 여전히 미동 없이 서 있어요. 파도가 발끝에 닿을 듯 말 듯한데도요.

'물결은 그 거품을 다시 겪고 싶지만 돌이키지 못한다'는 구절을 읽으며, 그가 보는 파도와 물거품의 관계를 저도 관찰해봅니다. 무엇 때문인지는 모르지만, 그는 과거로 돌아가고 싶어 하는 사람 같아요. 하지만 무심하게도 그의 손목시계 초침은 거꾸로 흘러갈 생각이 없습니다.

문득 주변을 둘러보니 해변에 있는 다른 사람들은 바다를 보면서 행복해하고 있네요. '나만 고독한 것 같다'는 것은 살면서 누구나 느끼는 감정이죠. 비슷한 저의 경험을 떠올리며, 혼자만 다른 세상에 있는 양 홀로 외로운 기침을 하며 그들을 등지고 걸어가는 '나'의 뒷모습을 그려봅니다.

어설픈 상상이지만 시를 제 나름대로 해독하는 데는 꽤 도움이 되네요. 물론 책 전체를 이런 식으로 상상하며 읽는다면 조금 피곤하겠죠. 어찌 됐든 우리는 연출자가 아니라 독자니까요. 읽다가 진도가 잘 나가지 않을 때, 마음에 드는 책의 한 구절이나 장면을 기억 속에 오래 각인시키고 싶을 때 활용하면 좋겠습니다. 여러분에게 무수한 예술적 영감을 선사해줄 거예요.

혹시라도 영감을 얻어 영화를 찍게 되신다면 알려주세요! 제일 먼저 달려가 관람하겠습니다.

원작 소설과 각색된 영화를 비교하며 함께 감상해봅니다.

책과 영화 둘 중 어떤 것을 먼저 감상해도 좋습니다. 좋아하는 장면 또는 페이지를 기억해두었다가, 영화와 책에서 각각 어떻게 표현되어 있는지 확인해보세요.

· 참고 : 소설이 원작인 영화
 - 토드 헤인즈 감독, 〈캐롤〉
 - 그레타 거윅 감독, 〈작은 아씨들〉
 - 루카 구아다니노 감독, 〈콜 미 바이 유어 네임〉
 - 바즈 루어만 감독, 〈위대한 개츠비〉
 - 이안 감독, 〈라이프 오브 파이〉
 - 데이비드 핀처 감독, 〈나를 찾아줘〉
 - 원신연 감독, 〈살인자의 기억법〉
 - 황동혁 감독, 〈남한산성〉
 - 변영주 감독, 〈화차〉

'남는 독서'에 관하여

"시간이 지나면 책 내용을 다 잊어버려요. 오래 기억하는 법 없을까요?"

"책을 완독해도 머리에 남는 게 없어요. 왜 읽어야 하는지 모르겠어요."

4년째 독서 노트를 쓰고 있는 제게 사람들이 자주 묻는 질문입니다. 책 내용을 금세 잊어버리지 않게 하는 방법을 생각하다 '꼭 오래 기억해야 할 필요가 있을까' 하는 생각이 꼬리에 꼬리를 물고 이어집니다. 꼭 '남는 독서'를 해야 할까. 읽는 순간 내 마음이 좋았으면 그걸로 된 게 아닐까. 머리로는 기억하지 못하지만 위치를 알 수 없는 마음 어딘가에 저장되지 않을까. 우리는 책 내용을 잊어버리는 걸 아쉬워하기보다 흘러가는 시간을 애석해하는 건 아닐까. 인간은 취미 생활을 즐기더라도 끊임없이 무언가를 성취해야 한다는 압박감에 시달리는지 모른다. 호랑이는 죽어서 가죽을 남기고 사람은 죽어서 이름을 남긴다는 속담은 어쩌면 죽어서까지 뭔가를 자꾸만 남기고 싶어 하는 인간의 욕심이겠다. 이 모든 생각은 나의 보잘것없는 기억력을 합리화하기 위한 것일 수도 있겠다….

책 내용을 오래 기억하지 못한다는 걸 알면서도 책을 읽고 기록하는 행위는 인간은 죽는다는 사실을 알면서도 허무해하지 않고 하루하루 즐겁게 사는 일과 닮았다는 생각을 합니다. 아무런 이유나 목적 없이 '그저 태어났으니까 산다'라는 태도와도요.

물론 이왕 태어났으니 열심히 살아서 자식들에게 유산도 남기고 사회에 환원도 하고, 그래서 이름도 남기면 좋겠지만, 아무것도 남기지 않는다고 해서 잘못 산 것은 아니잖아요. 그렇듯 '책을 펼쳤으니까 그저 읽는다' '노트를 펼쳤으니까 뭐라도 그저 쓴다'라는 태도를 가지면 어떨까 해요. 책과 독서 노트로부터 뭔가를 배우고 깨달을 수 있으면 좋지만, 아무것도 남지 않더라도 독서를 제대로 하지 못하고 있다는 증거는 아니니까요.

그날의 온도로 기억하는 독서

그래도 부득불 뭔가를 남기고 싶으시다면, 저는 '독서의 경험'을 우선적으로 남기자고 권유하고 싶습니다. 우리가 읽은 책의 내용을 기억하는 건 어렵지만, 그 책을 읽은 상황은 어렵지 않게 떠올릴 수 있을 것 같아요. 가령, 저는 요즘 누워서 스마트폰으로 책을 읽습니다. 육아를 하다 보니 아기가 잠들거나 혼자 놀고 있을 때 막간을 이용해 10페이지, 20페이지씩 읽고 있어요. 멀쩡히 잘 있다가 제가 책을 읽으려고 하면 잠에서 깨어나 우는 아기는 아직 미스터리한 존재지만, 아무튼 집중할 수 있는 시간이 많지 않다 보니 짧은 에세이나 단편소설 위주로 골라 맛있는 음식을 아껴 먹듯 야금야금 조금씩 읽고 있습니다.

얼마 전 제가 좋아하는 황정은 소설가의 《일기》라는 에세이를 완독했어요. 에세이에 담긴 소설가의 어린 조카 사랑을 느끼면서 내게도 이런 언니가 있으면 좋겠다, 언니가 있으면 육아가 좀 더 쉬울까, 하는 생각을 했네요. 대신 제게는 '살림 만렙' 남편이 있으니 다행입니다. 남편이 퇴근해서 아기를 보는 사이에 독서 노트를 펼쳐 한 줄이라도 필사를 해요. 훗날, 지금의 독서 경험을 떠올리면 저 자신을 대견해하지 않을까 싶습니다. 먼 타국에서 하루 종일 홀로 신생아를 돌보며, 틈새 시간을 활용해 나만의 시간을 누리며 스트레스를 해소했던 저의 모습이 긍정적인 상으로 남을 것 같아요. 그 경험은 미래의 저를 더욱더 단단하게 해줄 것 같고요.

　과거로 이동해 독서 경험을 떠올려보자면, 혼자 인도 배낭여행을 하는 동안 읽었던 장 그르니에의 《섬》이라는 책이 떠오릅니다. 얇은 책이라 금방 읽을 줄 알았는데 40일간 인도를 여행하는 동안 완독하지 못했던 걸로 기억해요. 하지만 그 책이 가방 속에 있다는 사실만으로도 좋았어요. 남인도 고아Goa의 해변에서, 이른 아침 함피Hampi의 거대한 바위 위에서, 분주한 퐁디셰리Pondicherry거리에서, 마음 잘 맞는 동행인인 듯 항상 《섬》을 품고 지녔던 기억이 있어요. 책 내용은 잊어버렸어도, 그 책을 떠올리면 홀로 인도를 여행하는 용감한 스물넷의 저를 만나게 되는 거예요.

　읽다가 두고 온 책도 생각나요. 호주 워킹홀리데이를 마치고 스쿠버다이빙을 하기 위해 필리핀 보홀Bohol로 여행을 갔을 때, 숙소 침대 서랍에 조지프 캠벨의 《신화와 인생》을 넣어놓고 왔어요. 짐을 줄이기 위해서이기도 했고, 누군가 그 책을 읽길 바라는 마음에서였던 것 같아요. 그 책에서 가장 좋아하는 구절에 형광펜을 짙게 칠해놓았는데, 그 문장이 그에게 일종의 메시지처럼 가닿는 상상을 하기도 했네요.

■■■■ 삶의 길을 가다 보면

커다란 구렁을 보게 될 것이다.

뛰어넘으라.

네가 생각하는 것만큼 넓진 않으리라.*

2011년부터 지금까지 시작된 제 호주살이의 여정은 이 구절, 《신화와 인생》의 한 구절에서 시작되었다고 해도 과언이 아닐 거예요. 이 책을 떠올리면 호주에서 청소 노동자로 살며 쓴맛과 단맛을 경험했던 시절과 9박 10일의 호주 로드트립과 산소통 하나 메고 수심 40미터 바닷속으로 뛰어들던 스물일곱의 저를 만나게 됩니다. 물론 예상하시는 것처럼 책의 다른 내용은 하나도 기억나지 않습니다. 하하….

남는 독서보다 남기는 독서로

여러분의 기억 속에도 분명 떠올리면 괜스레 마음이 촉촉해지는 독서 경험이 남아 있을 거예요. 병실에 누워 있는 환자를 돌보다 그가 잠든 사이 책을 읽었던 경험, 홀로 떠난 낯선 여행지의 카페에서

---

* 조지프 캠벨 지음, 《신화와 인생》, 갈라파고스, 2009

비 내리는 풍경을 바라보며 독서했던 경험, 직장에서 하루 종일 구겨져버린 마음을 펴기 위한 취침 전 독서, 눈 딱 감고 어디론가 사라지고 싶을 때 책을 읽으며 다시 힘을 얻었던 경험….

한 권의 책이 때로 인생의 한 시절을 대변한다는 사실을 떠올릴 때, 우리가 기억하고 싶어 하는 것은 책 내용이 아니라 그 책을 읽었던 과거인지도 모른다는 생각을 하게 됩니다.

아무튼 독서로 대단한 혜택을 얻을 거라는 기대나 환상이 없을 때에야 비로소 '남는 독서'가 가능해지는지도 모르겠어요. 보상을 기대하지 않고 선행을 베푸는 마음으로 독서를 해보면 어떨까 합니다. '무엇이든 기억해야 한다'는 막연한 바람을 갖기보다 책을 통해 '무엇을 남기고 싶은가'를 생각해보면 답을 찾을 수 있을지 모르겠습니다. 저는 단연, 경험을 남기라는 조언을 해드리고 싶고요.

독서 배낭여행을 떠나봅시다.

평소에 읽기를 미뤘던 책 한 권을 완독하고 돌아오는 것이 이 여행의 목적입니다. 멀리 가지 않아도 좋아요. 구글 맵이 없던 시절의 20세기 배낭여행자처럼 발길 닿는 대로 돌아다니다가 마음에 드는 장소에 앉아 책을 읽는 거예요. 여행 중 우연히 만난 인연에게 그 책을 선물해보는 일도 좋은 추억이 되겠네요. 여러분이 어떤 '여행 책'을 선택하실지 무척 궁금합니다.

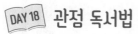
오독의 비극을 피하는 방법

얼마 전 지인이 제게 읽기 능력이 점점 떨어진다며 호소했습니다. 버젓이 '폭스바겐'이라고 쓰여 있는데 '버켄스탁'이라고 읽어버린 다는 거예요. 이런 현상은 인터넷상에서 자주 마주치기도 합니다.

글을 정확하게 읽기보다 스크롤을 획획 내리며 눈에 띄는 단어 만 대충 훑어보고, 자신에게 익숙한 방식으로 윤색하게 되는 경우 가 많아요. 분명히 뭔가를 읽긴 했는데, 다 읽고 나면 무엇을 읽었 는지 알 수 없는 신기한 일이 벌어집니다.

어떨 때는 글의 서브 텍스트를 과도하게 헤아리는 바람에 문자 그대로 받아들이지 못하고 철저하게 오독하기도 합니다. 온라인뿐 아니라 오프라인에서 벌어지는 이 모든 갈등과 싸움은 서로의 생각을 읽을 생각이 없어서 혹은 제대로 읽지 못해서 벌어지는 게 아닐까 해요. 타인이라는 텍스트를 오해 없이 읽어내기 위해 독서가 필요한 건지도 모르겠습니다.

실제로 저는 1년에 100권 이상의 책을 완독한 이후로 남편과의 소소한 언쟁이 줄어든 걸 느낄 때가 있어요. 말다툼의 불씨가 보일 때 감정에 휘둘리기보다 남편의 말을 최대한 정확히 독해하는 데 집중하게 되더라고요.

남편 말에 기분이 상했을 때 혹시 내가 그의 의도를 곡해한 건 아닌지도 돌아보고요. 왜 그럴 때 있잖아요. 상대방은 아무 의미 없이 한 말인데 나 혼자 그 한마디에 조미료를 가미해서 부풀리고 부풀리다 혼자서 조용히 그를 미워하게 되는 순간이요.

오독으로 인한 언쟁이 때로는 끔찍한 참극을 낳기도 합니다. 나를 무시하는 상대의 말에 욱해서 누군가를 우발적으로 죽인 사건을 뉴스에서 흔하게 목격합니다. 우리의 읽기 능력이 향상되면 사회가 조금은 더 안전하고 평화로워질지 모르겠어요. 대한민국의 잦은 산재는 국가와 기업이 노동자의 생각을 읽지 못해서 일어나는 비극이고, 저출산율은 젊은 부부들이 처한 현실을 읽지 못해서 생긴 당연한 결과잖아요. 차별과 혐오 범죄는 '나' 외의 세계는 읽지 않으려는 무지와 방만에서 비롯되고요. 정책을 만드는 사람들이 '폭스바겐'을 '버켄스탁'이라고 읽는 태만을 저지르지 않았다면 진작에 해결됐어야 할 사회문제가 이토록 방치되진 않겠죠.

삶의 경계를 확장하는 읽기

그런데 오해 없이 서로를 완벽히 읽어내는 게 과연 가능할지 의구심이 듭니다. 남자와 여자가, 장애인과 비장애인이, 이성애자와 동성애자가, 부모님 세대와 우리 세대가, 백인과 흑인이, 인간과 동물이 과연 서로를 정확하게 이해할 수 있을까요? 이 부분에 대해서는 저도 잘 모릅니다. 그래서 여러분에게 질문을 던져보고 싶었어요. 제 독서 노트에는 이런 문장이 적혀 있습니다.

■■■ 어떤 문장도 삶의 진실을 완전히 정확하게 표현할 수 없다면, 어떤 사람도 상대방을 완전히 정확하게 사랑할 수는 없을 것이다. 그러나 정확하게 표현되지 못한 진실은 아프다고 말하지 못하지만, 정확하게 사랑받지 못하는 사람은 고통을 느낀다.*

'정확하게 사랑받지 못하는 사람은 고통을 느낀다'는 대목을 읽으며 오해 없이 읽기가 불가능의 영역이라 해도 포기하지 않아야

---

* 신형철 지음,《정확한 사랑의 실험》, 마음산책, 2014

한다고 생각했어요. 오해 없는 독서가 세상의 고통을 없애주진 못하지만 줄이는 데는 기여할 수 있을지도 몰라요. 책을 정확하게 읽는다면 세상을 정확하게 사랑할 수도 있을 테니까요.

오해 없이 읽기 위한 노력으로 앞서 소개한 '천천히 읽기' '반복해서 읽기' 독서법을 훈련해볼 수 있겠습니다. 우리가 대체로 무지한 분야의 책을 골라 읽으면 좋겠지요. 차별, 질병, 고통, 죽음 같은 '정상성'의 범주에 속한 젊고 건강한 사람일수록 더욱 아는 바가 없는 소재를 다룬 책을요.

최근 제가 읽은 책, 아서 프랭크의 《아픈 몸을 살다》, 우에노 지즈코의 《여성 혐오를 혐오한다》, 기시 마사히코의 《단편적인 것의 사회학》, 김원영의 《희망 대신 욕망》, 은유의 《알지 못하는 아이의 죽음》은 '정확하게 사랑받지 못하는 사람'의 이야기를 정확하게 표현하고자 시도한 책이었습니다. 이런 책은 중간중간 멈추면서 천천히, 여러 번 반복하며 읽기를 추천해요.

서로 다른 관점의 책 '동시에 읽기'

같은 이슈를 놓고 다른 입장을 취하는 책을 선택해서 동시에 읽는 것도 오독을 줄이는 방법이에요. 저는 자기 계발서와 논픽션을 적절히 섞어 읽는 걸 좋아해요. 인간과 사회를 바라보는 관점이 완전히 다르거든요.

예를 들어 얼마 전에는 젊은 나이에 경제적 자유를 이뤄 조기 은퇴한 경험담과 노하우를 담은《파이어족이 온다》와 유례없는 소득 불평등으로 인한 밀레니얼 세대의 가난을 사회주의자의 시각으로 분석한《밀레니얼은 왜 가난한가》라는 책을 함께 읽었어요. 제목만 봐도 두 책의 성격이 확연히 드러나지요?

장르의 특성상 자기 계발서는 개인의 열정과 재능을 강조하고, 논픽션은 개인이 아무리 노력해도 좌절할 수밖에 없도록 만드는 사회구조의 문제를 지적합니다. 어떻게 보면 두 관점은 평행선을 달리죠. 각각의 입장을 가진 두 사람이 만나 토론한다면 해답 없는 진흙탕 싸움이 될 게 뻔해 보입니다. 실제로 우리 사회에서 소득 불평등에 대한 관점 차이로 갈등이 빚어지는 걸 자주 목격하죠.

그러나 '동시에 읽기'를 할수록 한쪽 편을 들기가 힘들어집니다. 가난에서 벗어나기 위해서는 개인의 노력도 필요하고, 노력만으로 해결되지 않는 소득 불평등을 개선하려면 사회구조도 변화해야 하니까요. '네 말도 맞고, 네 말도 맞다'는 황희 정승이 된 기분에 사로잡혀요. 오해 없이 읽으려 할수록 어떤 입장도 분명하게 취하지 못하는 회색분자가 된 기분도 들지만 한편으로는 겸손해지는 것 같아요. 내가 알고 있는 게 이 세상의 전부가 아니라는 사실을 명확히 자각한 뒤에야 비로소 '정확함'에 가닿을 수 있지 않을까 합니다.

책은 재미로 읽어야 한다고 해놓고 갑자기 너무 심오하게 들어 갔나요? 이쯤에서 '재미'를 다시 정의할 필요도 있겠어요. 혼자만 느끼는 재미는 어떤 면에서 굉장히 외로운 즐거움입니다. 독서는 비단 나 혼자만의 쾌락을 넘어 다 같이 잘 사는 기쁨이 있다는 걸 알려줘요. 그 기쁨은 서로를 덜 오해하는 데서 오는 거겠고요. 독서 를 하면서 세상에는 내가 경험해보지 못한 영역이 있고 그 분야에 대해 내가 모르는 것이 많다는 사실을 아는 것만으로도, 그 영역의 세계를 덜 오독하는 시도만으로도 소소한 언쟁부터 끔찍한 전쟁까 지 막을 수 있지 않을까 합니다.

책을 세상을 보는 자료로 활용해보세요.

최근 여러분의 호기심을 끄는 사회 이슈가 있나요? 오늘만큼은 인터넷 신 문 기사나 소셜 미디어가 아니라 그 이슈와 관련된 책을 검색해 직접 읽어 보세요. 무엇을 오해했는지도 써보면 좋겠습니다.

DAY 19 몰입 독서법
함께 읽고 나누는 독서

완독 훈련 3주 차도 막바지에 이르렀습니다. 그동안 독서에 얼마큼 재미가 붙었는지 궁금해요. 독서에 열정을 쏟으면 한 가지 신기한 일이 벌어집니다. 주변인들이 하나둘 책을 읽기 시작한다는 것이에요. 딱히 권유한 것도 아닌데 말이죠. 몰입의 에너지가 가진 힘이라고 생각합니다.

몰입은 전염이 돼요. 지하철이나 카페에서 책 읽는 사람에게서 범상치 않은 오라를 느낄 때가 있지 않나요? 총알이 빗발치는 전쟁터에서 홀로 가부좌를 틀고 앉아 있는 수도승 같은 포스를요. 그가 누리는 고요 속으로 몰래 잠입하고 싶어집니다. 왠지 모르게 그와 친해지고 싶다는 생각도 들고, 나도 얼른 집으로 돌아가 책을 읽고 싶어져요.

우리가 공부를 하려고 조용한 도서관에 가거나 유튜브의 실시간 'Study with Me'에 접속하는 것도 몰입의 전염성 때문일 거예요. 집중하는 사람들의 기운을 받아, 나도 집중할 수 있게 되니까요.

1년에 책을 한 권 읽을까 말까 했던 저희 남편은 제가 옆에서 책을 읽는 모습을 지켜보더니 어느 순간 한 달에 두세 권의 책을 읽는 사람이 되었습니다.

그 전까지는 퇴근하고 돌아오면 유튜브 영상을 보거나 가십 기사를 훑어보는 데 시간을 보냈는데, 놀라운 변화였습니다. 물론 저는 스마트폰을 부정적으로만 보지 않습니다만, 스마트폰으로 내가 시간을 활용하고 있는지, 빼앗기고 있는지 돌아볼 필요는 있는 것 같아요. '돌아본다'는 건 결국 '돌본다'는 의미일 거예요. 초 단위로 바뀌는 영상에 마음을 휘둘리기보다 글자 위에서 번잡한 마음을 쉬게 하는 일이 독서인지도 모르겠습니다.

몰입의 독서는 나와 타인을 이어주는 징검다리

독서는 비단 나를 돌보기만 하는 게 아니라 타인과의 관계도 돌보게 합니다. 저는 좋아하는 사람과 함께 책 읽는 것을 좋아해요. 각자의 자리에서 책의 세계에 온전히 빠져 있다가 누구라도 "캬" 하고 감탄이 나올 만큼 좋은 구절을 발견하면 침묵은 깨집니다. 그

균열 사이로 서로의 영혼이 만나는 듯한 기분이 들죠. 그 영혼들은 바쁜 일상에서는 결코 마주할 수 없는 존재입니다. "이 책의 이 구절 마음에 드는데, 넌 어때?"라는 질문은 "요즘 내 마음은 이런데, 넌 어때?"라는 질문과도 같아요. 좋아하는 문장을 다리 삼아 상대방에게 건너가는 거예요.

남편과 저는 책 속 한 문장을 매개로 앞으로 우리가 함께 살아갈 삶의 방향에 관련된 가치관을 이야기하고, 미래에 하고 싶은 일, 이루고 싶은 소망을 더 단단하게 다지기도 합니다. 가벼운 독서 토론을 하기도 하고요.

한번은 메리 올리버의 《긴 호흡》 서문을 읽던 남편이 내용이 이해가 안 된다고 도움을 요청했어요. 두께가 얇은 책이지만 시인의 언어인 데다 번역된 산문집이라 아무래도 술술 읽히는 책은 아니었죠. 이미 책을 읽은 저는 작가가 어떤 사람인지 간단하게 소개하고, 작가가 어디서 영감을 얻어 글을 썼으며 어떤 관점과 사상을 지니고 있는지 설명해주었습니다. 그는 다시 독서에 몰입했고 반 시간쯤 지나 저에게 이런 구절이 좋다며 읽어주었습니다.

▪▪▪▪▪　　오늘 나에게는 야망이 전혀 없다. 어디서 이런 지혜를 얻은 걸까?*

---

* 메리 올리버 지음, 《긴 호흡》, 마음산책, 2019

저희 부부는 항상 둘 다 야망이 없어서 걱정하고 때로 불안했는데 누군가 야망 없음을 지혜로움으로 해석한다는 것에 반가웠어요. 책을 읽다 보면 작가에게 '당신, 지금 잘 살고 있어요' 하는 메시지를 받을 때가 있잖아요. 메리 올리버가 쓴 문구와 관련 깊은 또 다른 시가 생각나 같이 읽어보기도 했습니다.

■■■■ 여보 우린 그저 조그맣게 살자
　　　 더 넓은 평수로 갈아타려고 아등바등
　　　 살지 말고 자가용 같은 거 끌지 말고
　　　 너무 커다란 걸 가지려고 저 멀리
　　　 아득히 있는 것에 닿으려고 헐떡이며
　　　 뛰어다니다 쓰러지지 말고 다섯 살
　　　 아해처럼 고운 숨소리 내며 잠들 수 있도록
　　　 조그맣게 조그맣게 살자

-〈겨자씨보다 조금만 크게 살면 돼〉 중에서*

이 시를 함께 읽으며 '아등바등 살지 말고' '조그맣게 살자'고 함께 다짐했는데 잘 되지는 않네요. 하지만 그런 다짐을 함께할 사람

* 성미정 지음, 《읽자마자 잊혀져버려도》, 문학동네, 2011

이 있다는 게 다행이란 생각을 해요. 독서를 매개로 사랑하는 상대에 몰입하는 경험이 정말 소중하게 느껴집니다.

책을 통해 스쿠버다이버처럼 나와 타인의 내면세계에 깊이 잠수해서 그 마음에 떠다니는 해초도 보고, 작은 열대어도 만나고, 큰 고래를 발견하는 행운이야말로 생의 묘미인 것 같아요. 능숙한 다이버일수록 바닷속에서 두려움보다는 호기심을 느끼겠죠. 그 호기심이야말로 몰입의 동력이겠고요.

그런 인생을 이미 누리고 계신가요, 아니면 아직도 찾아 헤매고 계신가요? 후자라면, 여러분도 책 친구를 만들어보면 어떨까 합니다. 일단 몰입하세요. 몰입 에너지가 어디에선가 책 친구를 끌어당겨줄 테니까요.

오늘은 휴대폰 대신 책을 손에 들어보세요.

일주일 중 하루 정도는 '스마트폰 프리free의 밤'으로 정해두고 같이 사는 사람과 함께 책 이야기를 하는 시간을 가져보면 어떨까요? 혼자 사신다면 공유하고 싶은 책 구절을 가까운 사람에게 메시지로 보내세요. 한마디 말보다 훨씬 더 강력한 힘을 발휘할 거예요.

발견 독서법

비유, 달콤한 디저트처럼 즐기기

싸이월드에 공감 가는 책이나 영화의 명대사를 사진과 함께 포스팅하는 게 유행한 시절이 있었습니다.

당시 감성파 싸이월드 유저들의 '퍼가요~♡' 댓글 세례를 받으며 회자되었던 '봄날의 곰만큼 좋아한다'는 구절이 아직도 기억이 나네요. 무라카미 하루키의 소설 《노르웨이의 숲》에서 주인공 와타나베가 미도리에게 건넨 참신한 사랑 고백이었죠. 그때만 해도 이 표현 같은 제법 창의적인 비유를 떠올리는 사람이라면 당장 사귀겠다고 생각하던 시절이 있었는데, 결혼도 하고 아이도 낳고 나니 이제는 저 구절을 읽으며 "와타나베 상, 헛소리는 이제 그만…" 이라는 말이 절로 나오네요.

하지만 혹시 "날 얼마큼 사랑해?"라고 묻는 연애를 하고 계신다면 무라카미 하루키의 소설을 꼭 읽어보길 바랍니다. 여러분의 애인이 좋아할 만한 낭만적인 답을 찾을 수 있을 테니까요.

《노르웨이의 숲》을 예전만큼 좋아하진 않지만 여전히 무라카미 하루키 국내 팬 중 한 명으로서 그의 소설에 등장하는 비유를 저는 특히 사랑합니다.

작가의 비유를 찾아가며 읽기

인류가 언어를 사용하게 된 이래, 언제부터 비유를 쓰게 되었는지는 모르지만 자신이 느끼고 깨달은 바를 전달하고 싶은 간절함에서 비롯되지 않았을까 합니다.

성경이나 불교 경전에 유독 비유가 많지요. 사랑과 자비 속에서 생의 진리를 발견한 예수님, 부처님이 그 소중한 깨달음을 얼마나 알려주고 싶었겠어요. 하지만 어떻게 말해도 사람들은 잘 알아듣지 못한 거예요. '참 좋은데, 어떻게 설명할 방법이 없'으니까 비유를 쓰지 않았을까요.

비유는 인류애에서 시작됐다고도 할 수 있겠네요. 무라카미 하루키의 소설이 세계적으로 사랑받는 이유도 거기에 있을지 모르겠습니다. 비유는 독자를 향한 작가의 뜨거운 사랑일 테니까요. 그런 의미에서 책을 읽으며 찰진 비유를 골라내는 일은 어쩌면 사랑의 흔적을 발견하는 일이라는 생각이 들어요. 저는 종종 불교 초기 경전인 《숫타니파타》를 꺼내 읽곤 합니다. 중생을 향한 부처님의 사랑이 잔뜩 담긴 비유 모음집이라고 해도 과언이 아닐 정도로 멋진 비유가 많아요.

그중 오래된 영화 제목이자 소설 제목으로도 차용된 '무소의 뿔처럼 혼자서 가라'는 유명한 구절을 들 수 있겠네요. 비유로 쓰인 코뿔소의 외뿔을 떠올리니, 두려움 없이 단단한 마음으로 홀로 삶을 헤쳐 나가라는 의미가 더 깊게 다가옵니다.

만일 부처님이 제자들에게 "인생, 혼자서 가라" 하고 말했더라면 전달력이 이만큼 강력하진 않았을 거예요. 어떤 것에도 물들지 않고 묵묵히 홀로 자기 몫을 다하는 존재를 비유로 들 때 우리는 그것들을 상상하면서 벼락 같은 통찰을 얻게 됩니다.

이 밖에도 원문에는 '소리에 놀라지 않은 사자' '그물에 걸리지 않는 바람' '진흙에 더럽히지 않는 연꽃처럼' 혼자서 가라는 시구가 있습니다. 부처님은 성인이자 시인이었던 게 분명해요.

비유는 한곳에 고여 잠자고 있던 정신을 더 먼 곳까지 데려다주는 것 같아요. 사자와 바람, 연꽃과 무소의 뿔이라는 단어를 들을 때 정신은 아프리카 초원, 드넓은 이국의 습지를 무의식적으로 연상할 뿐 아니라, 잠시 그 존재들이 되어보게 만듭니다. 그래서 비유의 모호함은 우리의 영혼을 각성시키기도 합니다.

성경이 수천 년간 이어져 내려온 비결도 영혼을 건드리는 비유의 힘에 있지 않을까 합니다. 그래서인지 성경은 대문호들에게도 엄청난 영감의 텍스트가 되었고요. 도스토옙스키는《카라마조프가의 형제들》을 성경의 요한복음서 12장 24절 한 구절, '내가 진실로 진실로 너희에게 말하노니 하나의 밀알이 땅에 떨어져 죽지 않으면 한 알 그대로 남고, 죽으면 많은 열매를 맺는다'로 시작했습니다. 저는 이런 인용구도 면밀하게 읽으면서 책 내용과 어떤 관련이 있을까 생각해봐요.

도스토옙스키는 수많은 성경 구절 가운데 왜 요한복음서 중 한 부분을 소설에 넣었을까, 소설을 통해 '밀알'과 '열매'가 의미하는 바가 무엇일까, 수수께끼를 풀듯 나름대로 비유를 해석해보는 즐거움이 있습니다. 저는 수도승이 되려는 카라마조프가의 셋째 아들 알료샤와 그의 스승 조시마 장로의 대화에서 답을 찾아보았어요.

■▬▬▬ 너는 이 담벼락을 나가더라도 속세에서도 수도승처럼 살 거야. 적들이 많이 생기겠지만, 너의 그 적들마저도 너를 사랑할 것이다. 살다 보면 불행한 일도 많이 겪겠지만, 그것으로 인해 너는 또 행복해지기도 할 것이니, 삶을 축복하고 다른 사람들도 그렇게 자신의 삶을 축복할 수 있도록 해주어라.*

* 표도르 도스토옙스키 지음,《카라마조프가의 형제들 2》, 민음사, 2007

저는 《카라마조프가의 형제들》을 '카라마조프가의 셋째 아들이자 견습 수도사인 알료샤의 속세 체험기'라고 요약하곤 해요. 조시마 장로는 자신이 아끼는 제자, 알료샤를 수도원에 두기보다 일부러 속세로 내보냅니다. 수도원 담벼락 밖으로 나간 알료사의 눈에 사람들은 모두 고통받고 있어요. 아버지와 아들이 재산과 한 여자를 두고 다투고, 어떤 아버지는 가난 때문에 자식 앞에서 비굴한 모습을 보이며, 어떤 어머니는 어린 자식을 잃고 마음 아파합니다. 그들이 겪는 고통이야말로 신의 기적과 사랑을 실천할 기회가 되는 아이러니를 알료샤는 깨달아요.

'불행한 일도 많이 겪겠지만, 그것으로 인해 너는 또 행복해지기도 할 것이니'라는 조시마 장로의 말이 어쩌면 요한복음서의 한 구절과 맥락이 닿아 있을 거란 생각이 들었어요. 밀알 하나가 생을 다하는 것이 불행이라면, 그 뒤에는 열매라는 행복이 반드시 찾아오는 거죠. 그렇게 생각하니 도스토옙스키가 인용한 저 구절이 인간을 깊이 사랑하는 신의 흔적, 그 신에 대한 작가의 깊은 존경의 마음으로 다가옵니다.

오늘은 독서를 하면서 보물찾기 하듯 책 속 비유와 상징에 밑줄을 그으며 음미해보면 어떨까 해요. 책에서 골라낸 여러분만의 비유 모음집을 만들어도 좋겠네요. 그러는 동안 사랑과 지혜가 마음에 천천히 스며들 거예요.

나만의 비유를 찾아보세요.

오늘은 책에 나온 비유를 활용해 글쓰기 훈련을 해보면 어떨까요? 쓰는
연습 또한 독서 습관을 기르는 데 큰 도움이 되거든요.

· 예시

－ ＿＿＿＿＿＿＿ 처럼 혼자서 가라.

독서로 어휘력을 늘릴 수 있나요?

돌아보면 저는 꿈 많은 아이였습니다. 초등학교 3학년쯤, 어른들이 쓰는 A4 사이즈의 PD 수첩 노트를 어디선가 구해 미래를 그려 넣었던 기억이 나요. 라디오 DJ가 되고 싶다는 생각으로 월요일부터 일요일까지 진행할 코너를 직접 구성해보기도 하고, 작가가 되길 꿈꾸며 짧은 그림 동화를 쓰던 날이 생생하게 떠오릅니다.

글을 더 잘 쓰고 싶다는 생각에 고학년이 쓴 학급문고의 글을 읽으면서 멋있는 문장이나 고급 어휘를 따로 메모하기도 했어요. 잘 묵혀두었다가 글짓기 대회에서 그 문장과 어휘를 활용하기도 했죠. 지금 생각하니 혼자 그런 아이디어를 냈다는 게 신기하기도 하고 기특하기도 하네요. 그러고 보면 인간에게는 뭔가를 흉내 내고자 하는 본능이 잠재해 있나 봐요.

그때 베껴 적었던 문장 중 '~라는 생각이 뇌리를 스치고 지나갔다'라는 표현이 생각납니다. 그 표현을 처음 발견한 때의 포근하고 고요한 분위기를 기억해요. 다른 가족은 아직 잠들어 있는 일요일 이른 아침, 저는 내복 차림으로 책상 밑에 웅크리고 앉아 책을 읽고 있었어요. 그때 발견한 '뇌리를 스치고 지나갔다'라는 표현은 충격적일 만큼 새로웠습니다. 무슨 뜻인지도 모른 채 그 표현을 사랑하게 됐어요. 그 전까지 인식하지 못한 '뇌리'라는 내 몸의 한 영역이 선명한 윤곽을 띠고 눈앞에 펼쳐지는 듯한 기분이었죠. '뇌리를 스치고 지나갔다'라는 멋진 문구를 언젠가는 써먹어야지, 하는 생각이 뇌리를 스치고 지나갔습니다. 제가 기억하는 한, 언어를 몸으로 익힌 최초의 경험이었어요.

자기만의 사전을 만들어가면서 어휘력을 늘리려면 언어를 사랑해야 합니다. 사랑하면 모방하게 되죠. 당시 저의 '잡학 다이어리'에는 이런 문장이 적혀 있기도 합니다.

"네가 오후 네 시에 온다면, 나는 세 시부터 행복해

질 거야."*

《어린 왕자》 속 문장 중 하나예요. 누군가를 기다리는 일
의 행복을 이렇게 표현할 수 있구나, 어렴풋이 감탄하면서 베
껴 적은 문장이었어요. 제가 학교 다닐 땐 방학이 되면 친구들
에게 편지를 쓰는 숙제가 있었는데 그때마다 단어만 살짝 바꿔
이 문장을 인용하기도 했어요.

P. S. 네가 내일 우리 집에 온다면 난 오늘 아침부터
행복해질 거야.

언어를 향한 사랑이 모방으로 이어지고, 그 모방이 사랑하
는 사람을 향한 메시지로 재창조되어 전달되는 인간의 창조성,
너무 낭만적이지 않나요? 열 살 아이가 해낸 일이라면 여러분
도 분명 하실 수 있어요. 아니면 열 살 아이의 호기심 어린 눈
으로 언어를 바라보는 것도 좋겠네요.

* 앙투안 드 생텍쥐페리 지음, 《어린 왕자》, 인디고(글담), 2015

그런 의미에서 오늘은 독서를 하면서 책에서 만난 단어와 표현에 특별한 마음을 둬보면 어떨까 해요. 난생처음 보는 어휘, 마음에 울림을 주는 문구, 선물 같은 표현, 모두 모두 좋습니다. 머리가 아닌 마음으로 다가오는 말이라면요. 때로 외국어를 배우듯 우리말을 읽어보는 것도 좋아요.

우리가 한국어를 익숙하고 능숙하게 구사해서 다 안다고 여기지만 생각보다 모르는 게 많은 미지의 영역이잖아요. 어떤 새로운 어휘를 사랑해볼까, 눈을 크게 뜨고 살펴보세요. 노력하지 않아도 어휘력이 저절로 늘 겁니다. 어린 시절의 저처럼 나만의 어휘 사전 또는 표현 사전을 만들어보는 것도 좋고요. 거기에서 그치지 않고 직접 활용해보기도 해야 한다는 점, 잊지 마시고요!

4장

완독 훈련 WEEK 4

삶의 무기가 되어주는
독서를 시작해봅시다

DAY 21 마음이 복잡하다면

현실을 마주할 힘을 주는 읽기

올해로 호주로 이민 온 지 7년이 되었습니다. '이민'이 어떤 의미인지 모른 채 겁도 없이 빈손으로 왔다가, 있는 고생 없는 고생 다 해서 겨우겨우 영주권을 얻었습니다. 그런데 사람 마음이 참 우습죠. 영주권이라는 미션을 통과하니 이제는 한국으로 다시 가고 싶어지더라고요. 출산하고 아기를 키우면서 그 갈망은 더 커졌습니다. 코로나19로 호주는 국경을 굳게 닫아 걸어 모든 외국인의 출입을 막았거든요. 영상통화로 부모님과 안부를 주고받고 나면, 당장이라도 친정이나 시댁으로 달려가 따뜻한 밥 한 끼 먹고 서너 시간 낮잠 한번 푹 자고 싶다는 생각에 외로워졌어요.

그래서 저는 더욱더 틈틈이 책을 읽고 글을 썼습니다. 주변 사람들은 그런 저를 부지런하다 여겼지만, 부지런한 게 아니라 외로웠던 것 같아요. 아기를 낳기 전에는 한 번도 겪어보지 못한 종류의 두려움, 한 생명의 인생이 오롯이 내 손에 달려 있다는 사실 때문에 제 마음에는 전에 없던 공포가 자라났거든요. 그래서 한 손으로는 아기 입에 노리개 젖꼭지를 물리고, 다른 한 손으로는 책을 들고 읽었습니다. 침대에 아기를 눕혀 재우고 옆에서 글을 쓰고 아기가 깨면 토닥토닥 재웠다가 다시 글을 썼습니다. 임신 전에 다 못 읽은 《전쟁과 평화》도 육아 버전의 '전쟁과 평화'를 경험하며 완독했네요. 다 읽은 뒤에는 책의 한 구절을 거듭 되새기며 마음을 다잡았습니다.

> ■■■ 행복한 순간을 붙잡아라. 사랑받고, 사랑하라! 이것만이 이 세상에서 진실이며, 그 밖의 것은 모두 무의미하다.*

독서에 몰입하는 동안 초보 엄마로서 으레 겪는 부정적인 감정의 파도에 휩쓸리지 않을 수 있었던 것 같아요. 저에겐 산후 도우미도 친정 엄마도 없었지만 '행복한 순간을 붙잡아라!'라고 조언하는 톨스토이가 있었기에, 육아의 노고보다 아기의 사랑스러움에 더 집중할 수 있었습니다. 그는 제게 이런 말도 건넸습니다.

* 레프 톨스토이 지음, 《전쟁과 평화 2》, 문학동네, 2017

■▨▨▨ 별것 없다. 살아가면 된다. 아아, 정말 훌륭하다.[*]

저는 이것을 변용해 이렇게 기억하기로 했습니다.

'별것 없다. 키우면 된다. 아아 (나는) 정말 훌륭하다.'

우연인지, 필연인지 제가 읽기와 쓰기에 깊이 몰입하는 날에는 아기도 얌전히 깊은 잠에 빠져들었어요. 아마 책이 아니었다면 저의 유약한 마음으로는 건강하지 않은 육아를 하지 않았을까 싶어요. 아기가 조금만 이상 신호를 보여도 패닉 상태가 되어 종일 인터넷을 검색하고, 공허한 마음을 채우기 위해 불필요한 육아용품을 쇼핑하고, 어쩌면 밤새 '역이민'을 검색하다 한국으로 돌아갔다 '호주가 그립다. 다시 돌아가고 싶다'며 후회하고 있을지 모르겠습니다.

현실을 마주할 용기를 주는 읽기

하지만 톨스토이의 《전쟁과 평화》에 등장하는 인물인 피예르 덕분에 어리석은 행동이나 섣부른 결정을 하지 않을 수 있었지요. 피예르는 막대한 유산을 물려받아 벼락부자가 되었고 페테르부르크

---

[*] 레프 톨스토이 지음, 《전쟁과 평화 4》, 문학동네, 2017

최고의 미녀와 결혼해 모든 이의 부러움을 샀지만, 항상 내면의 괴로움에 시달렸습니다. 그러다 전쟁에 참전해 포로가 되어 죽을 고비를 간신히 넘기고 비참한 하루하루를 보내죠. 그가 고통에 관한 엄청난 성찰을 얻게 된 건 바로 이때였습니다. 저는 해당 부분에 밑줄을 긋고 이렇게 메모를 적었어요.

- 장미 침상에서 꽃잎이 한 개 떨어졌다고 고민하는 사람이나 지금 축축한 맨땅에 누워 한쪽 옆구리는 따뜻하고 다른 쪽은 차가워서 고민하는 피예르나 고민한다는 점에서는 마찬가지이며, 전에 곧 잘 꼭 끼는 무도화를 신었을 때나, 지금처럼 부스럼투성이의 맨발(신발은 벌써 오래전에 해져버렸다)로 걸을 때나 그 고통은 마찬가지라는 걸 깨달았다.*

  메모 고통과 고민의 크기를 결정하는 건 내 마음이지, 외부 조건이 아니다. 희망적인 것은 외부 조건은 내가 컨트롤할 수 없지만 마음은 그럴 수 있다는 것. 축축한 땅 위에 맨발로 누워도 행복한 사람이고 싶다.

톨스토이가 쓴 문장을 이렇게도 바꿔보았습니다.

'호주에서 육아를 하는 사람이나, 한국에서 아이를 키우는 사람이나 고민한다는 점에서는 마찬가지이며, 옆에서 육아를 도와줄 사람이 있을 때나, 지금처럼 혼자 모든 걸 해결해야 할 때나 그 고통

은 마찬가지다.'

문장을 이렇게 바꾸고 나니 다른 데 팔려 있던 정신이 번쩍 들었습니다. 그 한 문장으로 내 안의 괴로움을 회피하기보다 기꺼이 받아들일 수 있게 됐어요.

저는 현실의 문제를 잊기 위해 책으로 도피하기보다, 현실로 돌아오기 위해 책을 읽습니다. 그날의 읽기로 하루를 살아갈 힘을 얻는 거예요. 독서로 내면을 충전하고 마음의 문제를 해결할 실마리까지 얻으면 오히려 내가 처한 현실을 받아들이는 여유가 생기거든요.

여러분도 저처럼 마음이 번잡하다면 톨스토이든 셰익스피어든, 어떤 작가의 말이라도 붙잡아보세요. 현명한 작가의 책을 읽는 순간 어려웠던 마음이 조금은 쉬워집니다. 그리고 쉬워진 마음으로 다시 어려운 현실을 살아가고요. 머릿속이 번뇌로 꽉 차 있어서 책 읽을 여유조차 없다고 하신다면 레프 톨스토이를 대신해서 이 말을 전하겠습니다.

"이제 충분하다, 충분하다, 인간들아. 그만둬라… 정신 차리란 말이다."*

* 레프 톨스토이 지음, 《전쟁과 평화 3》, 문학동네, 2017

자신만의 독서 안내자를 만드세요.

오늘은 여러분만의 책 속 '구루'를 찾아 나서봅시다. 존경해 마지않는 작가의 사진을 프린트해서 액자에 걸어놓는 것도 좋겠어요.

'힐링'과 '자기 계발'의 의외성

아주 오래전이긴 하지만, 에세이의 가벼운 '힐링' 콘텐츠는 허약해진 사람의 마음을 이용해 감성을 판다고 생각했던 때, 자기 계발서는 이룰 수 없는 성공과 꿈에 관한 욕망을 판다고 여기던 때가 있었습니다. 물질적 욕망이나 뻔한 감성보다는 형이상학적이고 철학적인 가치를 추구하는 편이 더 멋져 보이던 시절이었죠.

대학교에서 문학과 예술을 어설프게 배우고 졸업한 저는 세상 물정 모르는 풋내기 사회인이었습니다. 그 무렵 소설책만 잔뜩 읽으며 다소 음침한 분위기를 풍기던 저에게, 한 선배가 사회생활에 도움이 되는 책을 읽으라고 조언했던 것이 기억납니다. 그때 저는 스컹크처럼 더욱 음산한 오라를 풍기며 콧방귀를 뀌었죠. 사회생활 따위, 하지 않겠다. 나는야 고독한 예술가….

잘난 척하지 말고 처세술이나 일 잘하는 법에 관련된 자기 계발서를 한 권이라도 읽고 실천해보면 어땠을지, 그러면 인간관계나 사회생활의 온갖 역경을 돌파할 수 있었을지 생각해본 적이 있습니다. 물론 지금은 이렇게 프리랜서 작가가 되었지만요. 그런데 프리랜서가 되는 데 지대한 공헌을 한 책은 다름 아닌 자기 계발서였어요.

삶의 무기가 되는 읽기

누군가 제게 '인생 책'을 한 권만 꼽아보라고 하면 저명한 인문학자나 노벨 문학상을 탄 소설가의 책 제목을 열거하고 싶은 허영 섞인 충동을 느끼는데, 솔직히 이야기하자면 수지 무어의 《나는 퇴근 후 사장이 된다》라는 책을 최근의 '인생 책'으로 꼽고 싶습니다. 인생의 지축을 흔들 만큼 큰 영향력을 발휘한 책은 아니지만, 다양한 방식의 조언과 격려로 먹고사는 방식에 변화를 주었다는 점에서요.

이 책을 읽을 당시 저는 남은 인생을 노동자가 아닌 사장으로 살고 싶다는 생각을 간절히 하고 있었습니다. 고독한 예술가의 피는 다 식어버렸지만, 집에서 혼자 일하는 고독에 대한 욕망은 용광로처럼 끓어오르고 있었기 때문이죠. 한국에서 구성작가로 일한 경력

과 책 한 권을 집필한 이력, 그리고 10년 차 블로거의 내공을 바탕
으로 온라인상에서 유료로 글쓰기 강의를 하고, 독서 모임을 진행
해보면 어떨까 하는 아이디어를 갖고 있었지만 실행에 옮길 엄두
가 나지 않았어요.

'내가 뭐라고'라는 생각 때문이었죠. 글을 써본 적은 있지만 가
르쳐본 경험은 없으니 누군가 나를 사기꾼이라고 생각하지 않을까,
내가 여는 독서 모임에 누가 관심을 갖기나 할까, 걱정과 두려움뿐
이었어요. 그때 저자는 제게 이렇게 말을 걸어왔습니다.

■■■ 당신의 우려를 전부 적어본다. 하지만 거기서 중단하지 않는다.
　　　이렇게 계속 질문해보라. '그러면 어떻게 되는데? 다음은 어떻게
　　　되는데?'*
　　　메모 어떻게 되긴요. 걱정만 태산이라는 걸 알게 되겠지요.

■■■ 적은 자본으로 어디까지 갈 수 있는지 직접 도전해보시면 깜짝
　　　놀랄 겁니다.*
　　　메모 '0'원으로 시작해도 괜찮을까?

■■■ 너무 깊이 생각하지는 말라! 사업의 형태는 시간이 지나면서 달
　　　라질 테니 일단 시작하라.*

* 수지 무어 지음, 《나는 퇴근 후 사장이 된다》, 현대지성, 2019

메모 그러면 '0'원으로 시작해보자.

여타 자기 계발서와 크게 다를 것 없는 내용이었지만, 이상하게 용기를 얻었어요. 적절한 타이밍에 좋은 사람이 나타나 필요한 말을 해준 듯한 기분이었죠.

이 책을 읽고 저는 블로그에 온라인 강의 수강생 모집과 독서 모임 신청 포스팅을 올렸습니다. 아무도 관심을 두지 않을 줄 알았던 글쓰기 강의와 독서 모임이었는데 오픈하자마자 직장인 월급만큼 수입을 거두는 쾌거를 이뤘고요(물론 어떤 직장인이냐에 따라 수입은 많다고도 적다고도 할 수 있습니다만…).

메모한 대로 저의 노동력만 갈아 '0'원으로 시작해 이룬 결과였습니다. 이후 1인 비즈니스에 도움이 되는 자기 계발서를 한 권씩 독파하면서 기반을 다져나갔고요. 그렇게 읽고 쓰는 일로 돈을 번 지도 어언 3년, 결코 안정적인 수입을 얻고 있다고 할 수는 없지만 이렇게 책까지 한 권 더 쓰게 되었으니 이 책 제목을 '나는 퇴사 후 사장이 되었다'로 정하고 싶은 충동을 느낍니다.

'너무 깊이 생각하지 마라'라는 책 속 구절이 아니었다면 저는 여전히 퇴근 후 사장社長이 아니라 사장死藏되는 인생을 살았을 것 같아요.

자기 계발서에 대한 편견이 사라지고 난 이후, 흔한 이야기라도 상황과 맥락에 따라 그 말의 효력이 더 강해진다는 걸 깨닫기도 했습니다.

2020년 도쿄올림픽 도미니카공화국과의 배구 경기에서 김연경 선수가 했던 말 혹시 기억하시나요?

"해보자, 후회하지 말고!"

이 말은 경기장에 있는 선수들뿐 아니라 경기를 시청하고 있던 대중의 마음까지 울렸어요. 누구나 할 수 있는 말이지만 누구나 영향력을 발휘할 수는 없는 말이죠. 그렇다고 모든 사람이 그 말을 가슴에 새길 만큼 좋다고 여기진 않았을 거예요. 스치듯 지나가는 인생의 메시지를 낚아채서 자기 것으로 소화할 준비가 되어 있는 사람에게만 특별한 의미를 지니겠지요. "완벽하지 않아도 괜찮아요" 같은 말이 누군가에는 재미없는 힐링 멘트겠지만, 누군가에겐 간절히 부여잡고 싶은 말인 것처럼요.

생각보다 많은 사람이 여러분에게 '힐링'과 '자기 계발'의 메시지를 전달하고 있을 겁니다. 기억나는 게 하나도 없다면 혹시 저처럼 타인의 따뜻한 말 한마디나 격려의 말을 수용할 만한 마음의 여유가 없었던 건 아닌지 돌아봐도 좋을 것 같아요. 편견을 걷어내면 삶의 새로운 방향이 보입니다.

평소에 관심 없던 분야의 책을 골라 읽어봅시다.

내 관심사 밖의 일에 어떤 편견을 가지고 있는지 알 수 있을 거예요. 저처럼
꽉 막혔던 문제의 터널을 빠져나갈 좋은 기회가 될 수도 있고요. 의외의 매
력을 발견하는 능력을 기를 수도 있습니다. 그 의외성이 여러분에게 새로
운 인생 행로를 열어줄지 모르고요.

한 움큼의 용기가 필요할 때

나를 일으키는 독서

2018년 9월, 독서 노트를 처음 쓰기 시작했습니다. 그동안 손글씨로 빽빽이 채운 200페이지 분량의 노트가 세 권이나 쌓였고 300권 정도의 책을 완독했네요. 사느라 바쁘다는 핑계로 한 달에 책 한 권 읽는 것도 어려워하던 제 수준에서는 굉장한 성과였죠.

독서 노트를 쓰기 시작할 무렵, 저는 일곱 번째인지 여덟 번째인지 모를 직장을 그만두고 백수로 지내고 있었습니다. 작가의 꿈을 포기하고 영주권을 얻기 위해 무작정 호주로 이주한 지 4년쯤 되던 해였고요. 이민법이 바뀌면서 영주권을 얻을 기회는 지구에서 토성 거리만큼이나 멀어졌고 모아둔 재산이라곤 덜덜거리는 중고차 한 대가 다였지요. 서른셋, 인생에 아무런 진전 없이 외려 후퇴하고 있다고 느끼던 때였습니다. 성장을 멈춘 관엽식물처럼 사람도 얼굴도 누렇게 떠가던 때였지요. 여러분도 혹시 비슷한 상황을 겪어보신 적이 있었나요?

식물을 키워보신 분이라면 아실 거예요. 식물은 금세 시드는 만큼 재빨리 되살아나기도 한다는 걸요. 정기적으로 볕과 바람을 쐬어주고 물도 주고 비료도 주면 금방 생기를 되찾습니다.

인간도 그렇더라고요. 내가 나에게 관심과 애정을 주면 금방 활력과 생기를 되찾습니다. 식물은 스스로 움직일 수 없지만 인간은 스스로 움직일 수 있죠. 두 발로 나가 햇빛을 쐬며 하루 만 보 정도 걷고, 시원한 그늘 아래서 바람을 맞으며, 매일 2리터의 물을 마시는 것만으로도 기운을 차릴 수 있어요. 그걸로 모자란다 싶으면 '정신의 비료', 즉 책을 읽는 겁니다.

읽기가 내게 준 선물

독서 습관을 들이기 위해 그 무렵, 전자책 리더기를 구입했습니다. 어떤 취미든 예산이 허락하는 안에서 새로운 장비를 사면 의욕이 더 생기니까요. 그런 다음 전자책 월정액 구독 서비스에 가입한 뒤 매일 책 한 권 완독하는 걸 목표로 설정했습니다. 좋아하는 몰스킨 노트에 필사하는 것도 그때 시작했고요. 서른셋 백수에게 다소

무리한 목표 설정과 독서 노트 쓰는 습관은 성장과 자기 계발을 위한 최소한의 노력은 하고 있다는 위안을 선사했어요.

저의 첫 독서 노트 첫 페이지에 기록된 책은 영국 추리 소설의 여왕이라 불리는 P. D. 제임스의 《여자에게 어울리지 않는 직업》이라는 소설입니다. 352페이지 분량의 책을 하루 만에 끝냈을 뿐인데 하프 마라톤이라도 완주한 것처럼 뿌듯하더라고요. 이 작은 기쁨의 순간이 저를 어디로 데려가줄지 미처 알지 못한 채였죠.

두 번째로 선택한 책은 앤서니 호로비츠의 《맥파이 살인 사건》으로 역시 624페이지 분량의 추리 소설이었습니다. 완독하는 데 이틀이 걸리더라고요. 오랫동안 잊고 있던 책 읽는 즐거움을 되찾으니 신이 났어요. 책 읽는 걸 직업으로 삼을 수는 없을까 고민하던 저는 북튜브 채널을 열었습니다. 퇴사할 의지만 있다면 누구나 백수가 될 수 있는 것처럼 구글 아이디만 있으면 아무나 유튜버가 될 수 있더라고요. 가벼운 마음으로만 시작한 건 아니었습니다. 시장 조사를 바탕으로 나름의 차별화된 전략을 세웠거든요.

1. 책 리뷰를 주제로 하는 채널은 이미 충분하니, 독서 '기록'에 관한 노하우를 공유할 것.
2. '다이어리 꾸미기' 유행이 다시 돌아왔다. '다꾸'를 키워드 삼아 독서에 대한 관심을 유도할 것.
3. 북튜브 채널만으로 수익을 얻기는 어렵다. 나를 알리는 홍보 수단으로

삼을 것.

매주 거르지 않고 한 편씩 영상을 업로드하면서 꾸준함의 힘을 실감했어요. 채널을 운영한 지 1년쯤 지나서야 구독자 수가 겨우 1,000명이 넘었지만 출판사에서 협업 문의나 광고 제안이 들어왔고 한국출판문화산업진흥원에서 6개월간 북튜버 활동에 관련된 금전적 지원도 받았습니다. 백수를 탈출하고 프리랜서가 된 거죠. 물론 전업 유튜버가 되기엔 부족한 수익이었지만 저 하나 먹이고 입히는 데는 충분한 금액이었어요. 저의 변화는 거기서 그치지 않았습니다. 제가 업로드한 책 관련 콘텐츠를 연결 고리로 출간 제의를 받아 《혹시 이 세상이 손바닥만 한 스노볼은 아닐까》라는 긴 제목의 에세이를 출판했고 듣도 보도 못한 신인 작가의 이름으로 중쇄를 찍었습니다. 서점에서 제 책을 발견할 때의 감격은 아직도 잊을 수가 없네요.

출간 작가가 되고 난 이후 자신감을 얻어 온라인 글쓰기 강의, 필사 모임을 유료로 진행하기 시작했어요. 그사이 유튜브 채널 구독자는 2만 명이 넘어 시청 수익도 늘어났고요. 유튜브 영상의 편집과 콘텐츠에 대해 고민하고, 글쓰기와 독서에 관련된 다양한 모임을 기획하다 보니 자연스레 마케팅이나 셀프 브랜딩 노하우를 터득해나갔습니다. 혼자 취미로 즐기던 독서와 기록이었는데, 어느 순간부터 누군가 격려하고 응원해주고 있다는 느낌을 받았어요. 이렇게 두 번째 책을 집필할 기회도 얻게 됐고요.

물론 다른 베스트셀러 작가나 돈 잘 버는 인플루언서에 비한다면 내세우기 민망한 성취입니다. 그러나 진정한 자기 변화와 성장은 다른 사람과 비교해서 얻는 성과가 아닌 1년 전의 나보다 1밀리미터 나아지는 일이라고 생각해요. 그리고 스스로 작은 성취를 이룬 경험은 다른 일을 할 때도 큰 원동력이 됩니다. '내가 과연 이 일을 할 수 있을까' 하는 스스로에 대한 의심이 '하면 된다'는 확신으로 바뀌더라고요.

저는 이제 더 이상 스스로를 시든 화초라 여기지 않습니다. 읽기와 쓰기를 통해 언제라도 제 안의 싱그러운 면모를 발견할 줄 아는 재능, 나를 키우는 노하우를 터득해왔으니까요. 연륜 있는 정원사처럼 다양한 장르의 책을 비료처럼 활용합니다.

내면의 중심이 흔들릴 땐 인문학 서적, 자신감과 활력을 잃을 때는 자기 계발서, 사는 게 외롭고 부질없다 느낄 땐 문학이나 에세이를 읽습니다. 책으로 저의 심리 문제를 처방할 수 있게 된 것이죠. 일자리를 찾아 메뚜기처럼 직장을 옮겨 다닐 필요도 없게 됐습니다. 해외에서도 글을 써서 먹고사는 프리랜서 작가가 되고 싶다는 막연한 꿈이 현실로 이뤄졌으니까요. 그리고 이 모든 것은 책 한 권 완독하는 데서 시작되었습니다.

반복되는 일상에 변화를 주고 싶을 때, 부정적인 감정이 나를 알 수 없이 지배할 때, 나를 침대에서 일으키고 싶고 성장시키고 싶을 때, 새로운 아이디어와 창의력이 필요할 때 독서만큼 간단하고 유용한 해법이 또 있을까요. 추리 소설을 탐독하며 독서 노트를 쓰는 동안 저는 그 시간이 책이 될 거라고 기대조차 하지 않았습니다. 그저 재미있게 즐기다 보니 여기까지 오게 됐어요.

책 한 권 완독하는 일이 여러분의 삶을 어떻게 변화시킬지 장담할 수는 없습니다. 하지만 한 가지, 읽기 전과 후의 일상은 분명히 다를 겁니다.

독서로 오늘의 마음을 일으키세요.

마음이 힘들다면 책에 기대어보세요. 복잡하게 생각하지 말고 눈에 보이는 책의 첫 페이지를 펴보는 겁니다. 아무 생각 없이 책을 한 장 한 장 넘기는 것만으로도 기운을 차릴 수 있을 거예요. 내 마음의 허들을 넘는 일이 책장 넘기는 것만큼이나 쉽다는 걸 깨닫게 될지도 모르고요. 참, 햇볕 쬐기, 물 2리터 이상 마시기도 꼭 같이하세요!

DAY 24 아는 척하지 않기 위해
읽을수록 고개를 숙이게 되는 이유

책은 저를 여러모로 변화시켰습니다. 내면의 변화도 불러왔을 뿐만 아니라 사회문제에도 눈을 돌리게 했죠. 지난 몇 년간 이슈화되어온 페미니즘이나 비건, 환경, 소수자 차별 문제 등에 대해 얼마나 무지했는지 책이 아니었다면 영원히 깨닫지 못했을 거예요. 그러나 책에서 얻은 신념을 실제 경험에 제대로 적용하기까지는 많은 시행착오와 부작용도 있었습니다.

2년 전, 동물권을 소재로 한 책을 접하고 오랫동안 생각만 해오던 채식을 실천하게 됐습니다. 가끔 불가피하게 식탁에 올라오는 달걀이나 생선은 먹었지만 유제품이나 육고기는 엄격하게 제한하면서요. 주변의 우려와 달리 제 몸에는 채식 식단이 잘 맞았습니다.

소화도 잘되고 기분도 훨씬 좋아졌어요. 병원에서 피 검사를 했을 때도 채식주의자들에게 으레 부족한 비타민군이나 철분 함량이 충분하다는 소견을 들었고요.

채식 생활을 2년쯤 지속하니, 거리를 지나다 고기 굽는 냄새를 맡으면 불쾌해졌어요. 채식을 하게 된 이후, 누군가 소셜 미디어에 삼겹살 굽는 사진이라도 올리면 화가 나더라고요. 식성의 변화라기보다 육고기가 음식이 아닌 생명이라는 인식이 가져온 뇌 패턴의 변화에 가까웠던 것 같아요. 그런 변화가 불편할 만했을 텐데도 남편은 저의 식생활을 존중해주었고, 함께 먹는 밥상을 차릴 때도 육고기를 올리지 않았으며, 곧 채식 생활에 동참하게 되었습니다. 여태껏 내 혀와 식도와 위장의 만족만을 위해 살았는데, 이제는 다른 생명의 고통과 죽음에 연민을 느낄 줄 아는 사람이 되었다니, 우리가 제법 성숙한 지구 시민이 된 듯한 기분이 들었습니다.

책 한 권은 이처럼 한 사람의 인생, 더 나아가 우리 사회를 긍정적으로 변화시키는 힘이 있습니다, 라고 이 글을 마무리하고 싶지만 오늘은 이보다 조금 더 복잡다단한 이야길 해보려고 합니다.

책은 진실한 나를 만나게 한다

독서를 통해 세상이 어딘가 잘못 돌아가고 있다는 사실을 깨달으면 화가 나기 마련입니다. 누구를 향한 분노인지는 몰라요. 이상한 점은 그 분노의 대상에 '나'는 배제되었다는 거예요.

노 키즈 존에는 찬성하면서 아동 학대 사건에 분노하고, 이슬람 난민을 혐오하면서 동양 사람을 차별하는 백인을 비판합니다. 몇 주 전까지 고기를 먹던 사람이 하루아침에 채식주의자가 되어 육식하는 사람을 비난하고요. 저도 그런 사람 중 하나였어요.

불과 몇 달 전까지만 해도 매일 먹는 음식이 어디에서 어떻게 오는지 잘 몰랐고, 축산업이나 요식업에 종사하는 사람들에게는 생계가 달린 문제라는 걸 알면서도요.

게다가 당시에는 저 자신이 다시 육식을 하게 될 줄은 꿈에도 몰랐거든요. 임신 사실을 확인하고 저는 임신 중 고기를 먹지 않아도 괜찮은지 다양한 논문과 책을 읽으며 공부했습니다.

그러나 제 신념의 복병은 바로 입덧이었습니다. 저에게 입덧은 살면서 처음 겪어보는 몸의 고통이자, 치료제가 없는 질병이었습니다. 완화제가 있지만 일시적인 방편에 불과하고, 임신부들은 보통 임신 초기 아기에게 조금이라도 해가 갈까 봐 복용하길 부담스러워하죠. 음식을 먹지 못하는 고통, 냄새를 맡지 못하는 고통, 영원히 사라지지 않는 끔찍한 숙취 같은 고통이었어요. 이런 고통이 내

내 지속된다면 살 이유가 없겠다는 생각마저 들 정도였어요.

먹지 못하지만 먹지 않으면 더 심해지는 고통이기에, 입에 넣을 수 있는 음식을 어떻게든 떠올려야만 했습니다. 그때 제가 간신히 먹을 수 있는 음식이 삼겹살과 소시지였어요. 채소에서는 전에는 맡아보지 못한 비릿한 냄새가 나서 구역질이 올라왔거든요. 임신을 하자마자 입맛이 완전히 바뀌어버린 거예요.

그때 저는 마치 '윤리 심판대'에 오른 것 같은 기분이 들었습니다. "너는 다른 생명이 살이 찢기고 베이는 고통을 생각하며 채식주의자가 되었다. 그런데 그 양심이 너 자신의 고통도 감수할 만큼 단단한 것이냐"라고 말하는 것만 같은 그 심판대 위에서 저는 '아니요'를 외쳤습니다. 입덧만 끝낼 수 있다면 뭐라도 먹을 것 같았어요. 나의 고통 앞에서 타자의 고통은 안중에도 없어지는 걸 보며, 책을 통해 얻은 신념이 얼마나 연약한 것인지 여실히 깨달았죠.

물론 세상에 완벽한 사람은 없습니다. 드라마 〈나의 아저씨〉에서 착한 척하고 싶어 하는 사람들을 비난하는 아이유에게 이선균이 이런 비슷한 얘길 하죠. 착한 일 아무것도 안 하는 사람보다 착한 척이라도 하는 사람이 낫다고요. 착한 척하는 것도 대단한 거라고요. 저도 여기에 동의합니다. 무엇이 잘못됐는지 모른 채 무지하게 살아가는 사람보다 잘못된 것을 고치기 위해 뭔가를 바로잡으려 시도하는 사람이 낫다고 생각해요. 선의의 동기가 어떻든 순수한 악보다는 나은 것이니까요. 하지만 나 자신이 아닌 바깥의 모순을 지적하기 바쁘다면 그것이 진정한 선의이고 정의의 마음인지 돌아볼 필요가 있는 것 같아요.

채식에 대한 신념이 반쯤만 단단하다는 걸 깨달으면서 임신 3개월 차를 맞이했습니다. 그쯤 산전 검사 중 하나인 '다운증후군 검사'를 받았습니다. 그때도 비슷한 심판대에 오른 것 같았어요. 만일 아이가 다운증후군일 확률이 높다면 어떤 선택을 할 건가 하는 '정의란 무엇인가' 식의 생명 윤리 심판대에요.

최근 몇 년간 저는 장애에 관한 책을 읽으면서 장애에 대한 편견과 선입견을 덜 가지게 되었다고 자부했습니다. 얼마나 큰 오만이었던지요. 내 아이가 다운증후군일지도 모른다는 가정 자체를 일종의 금기처럼 여기는 저 자신을 발견하면서, 제가 장애인의 처지와 상황을 가슴 깊이 이해하고 공감한 게 아니라 그저 신문 기사를 읽듯 사실과 정보를 습득했을 뿐이라는 걸 통감했습니다. 책 한 권을 읽고 가치관의 지각변동이 일어났다고 해도, 언제든 그 이전으로 돌아갈 수 있는 관성이 내재해 있다는 걸 깨달은 또 한 번의 순간이었죠.

지식도 완벽할 순 없습니다

책으로 얻은 지식과 신념은, 그것을 아무리 성실히 이행하며 살아도 나와 사랑하는 사람의 생존과 행복이 위협받을 때는 언제든지 내팽개쳐버릴 수 있는 겁니다. 그러니까 책을 읽을 필요가 없다는 이야기를 하려는 게 아닙니다. 내 안의 이런저런 모순을 발견하는 과정이 필요하다고 생각해요.

내가 완벽하지 않은 존재라는 사실을 망각한 채 오직 책을 통해 습득한 도덕적 완벽주의에 빠지면 내 가치관에 미치지 못하는 사람을 어느 순간 미워하기도 합니다. 내 안을 보지 못하고 문제 많은 바깥만 보게 되는 거죠. 그러다 세상만큼이나 모순 많은 나 자신도 혐오하게 될 위험도 있고요.

책 한 권의 힘이 생각보다 강한 동시에 연약하다는 걸 경험으로 체득하고 나니, 책의 위력을 찬양만 하기보다 앎의 쾌락에 빠지지 않도록 주의해야겠다는 생각이 들었습니다. 여러분도 책을 읽고 긍정적인 사회 변화에 동참하고 싶다면 미움과 혐오의 마음이 아니라 사랑과 연민의 마음으로 시작하면 좋겠습니다…만, 일단 저부터 제대로 해보겠습니다.

'모른다'의 마음을 연습해보세요.

알면 알수록 모르게 되는 건 무지가 아니라 지혜라는 생각을 자주합니다. 인간관계도 그렇죠. 가까운 사람에 대해 다 안다고 생각하고 행동했을 때 꼭 갈등이 일어납니다. 내가 아는 게 세상의 전부라고 믿을 때 싸움이 벌어지고요. 오늘 하루, 그동안 여러분이 진실이라고 믿었던 신념에 물음표를 던져보면 어떨까요?

불행하다고 느낄 때

벽돌책 격파가 주는 뿌듯함

새해가 되면 독서 계획을 세웁니다. 제대로 지켜본 적은 없지만, 계획이 없을 때보다는 확실히 책을 더 가까이하게 되더라고요.

지난 1월엔 '벽돌책 열 권 읽기'를 목표로 세웠습니다. 제가 세운 벽돌책의 기준은 700페이지 이상인 책입니다. 이토록 두꺼운 책을 열 권만 읽어도 한 해 잘 살았다는 뿌듯함을 느낄 수 있을 것 같았어요. 자신에게 자주 뿌듯해하는 사람이야말로 행복한 사람이라고 생각합니다.

뿌듯함이란 타인 아닌 나 스스로를 만족시킬 때, 내가 나를 칭찬할 때 느껴지는 감정이더라고요. 뿌듯함의 내용은 소박할수록 좋고요. 한 주 내 밀린 집 청소를 하고 난 후의 개운한 뿌듯함, 3킬로미터 정도의 거리를 쉬지 않고 달리고 난 후의 벅찬 뿌듯함, 월급을 쪼개 익명으로 소액 기부를 하고 난 후의 따뜻한 뿌듯함을 예로 들수 있겠네요. 두꺼운 벽돌책을 한 권씩 '격파'할 때의 지적 뿌듯함을 올해는 느껴보고 싶었습니다.

앞서 이야기했지만 저는 첫 벽돌책으로 칼 세이건의《코스모스》, 두 번째 벽돌책으로 재레드 다이아몬드의《총, 균, 쇠》를 완독했습니다. 두 책 모두 집에 도둑이 들었을 때 무기로 사용해도 손색없을 만큼 두꺼운 책이지요.

이 두 권의 벽돌책을 완독하고 나니 독서 코어 근육이 더욱더 짱짱해지는 듯한 기분이었어요. 두꺼운 책을 읽고 나니 상대적으로 두께가 얇은 책은 좀 더 수월하게 완독할 수 있게 되더라고요. 마치 양 발목에 달았던 무거운 모래주머니를 떼고 달리는 느낌이랄까요. 정신의 근육도 신체 근육처럼 눈에 보인다면 거울 셀카를 찍어서 슬쩍 자랑도 해볼 텐데요. 그런 기술이 등장할 때까지 정신 근육의 성장은 아무래도 자랑이 아닌 뿌듯함의 영역에 두어야 할 것 같습니다.

세 번째로 완독한 벽돌책은 도스토옙스키의《카라마조프가의 형제들》이었습니다. 세 권으로 분권된 이 소설의 총 분량은 2,000페이지 정도입니다. 어마어마한 필력이지요. 도스토옙스키가 일찍 사망하지 않았더라면 4,000페이지가 될 수도 있었을 소설이라는 게 학계의 정설입니다. 다행인지 불행인지는 모르겠지만, 아무튼 그의 대서사시를 3주에 걸쳐 완독했습니다.

그러는 동안 벽돌책을 완독하려면 완독에 연연하지 않아야 한다는 역설을 깨달았어요. 완독 자체가 목표가 되면 책 읽는 과정을 충분히 즐기지 못하게 되니까요. 영화를 감상할 때 '도대체 언제 끝나나' 싶으면 그 영화는 안 보느니만 못하잖아요. 책 두께는 잠시 잊고 한 페이지, 한 페이지에 집중하다 나도 모르는 사이 마지막 페이지에 가닿는 게 최상의 독서인 것이죠.

이런 당연한 깨달음을 바탕으로 네 번째로 도전한 톨스토이의 《전쟁과 평화》는 보다 즐거운 마음으로 완독했습니다. '언제 다 읽나' 하는 막막함보다 좋아하는 드라마가 영원히 끝나지 않았으면 하는 마음으로 읽었어요. 도스토옙스키의 작품이 진지하고 무게감 있는 독립 영화라면, 톨스토이의 작품은 스케일이 방대하고 명랑한 할리우드 영화 같아서 그런 걸 수도 있을 거예요.

이 말이 무슨 의미인지 궁금하신 분은 올해 두 작품을 독파해보시면 어떨까 합니다. 발가락 끝에서 정수리까지 뿌듯함이 차오를 거예요.

벽돌책 격파 노하우

도무지 시작할 엄두가 나지 않는다면 온라인이든, 오프라인이든 '책 친구'를 찾아 벽돌책을 함께 읽으면 좋습니다. 진행 방법은 다음과 같아요.

1. 30일 플랜의 리딩 트래커와 리딩 플래너 만들기
2. 벽돌책 같이 읽을 책 친구 모집하기
3. 매일 같은 분량을 읽고, 마음에 드는 문장을 필사해서 온라인 채팅방에 공유하기
4. 중간중간 간단한 감상을 나누고 이해가 가지 않는 부분에 대해 묻고 답하기

저는 《카라마조프가의 형제들》을 이와 같은 방식으로 재독했습니다. 완독에 연연하느라 내용을 많이 놓친 것 같아서요. 확실히 함께 읽으니 재독 효과는 배가되었습니다. 똑같은 책을 읽고 저마다 다른 감상을 나누며 작품을 새로운 각도에서 보는 즐거움이 있고요. 반대로 같은 부분을 인상 깊게 여기며 공감하는 반가움도 듭니다. 다른 출판사에서 나온 같은 작품을 읽으며 번역을 비교하는 재미도 쏠쏠해요.

서로 응원하고 격려하면서 읽다 보니 중간에 조금 지루해도 포기하지 않고 끝까지 읽을 힘도 얻습니다. 운동도 혼자 하는 것보

9 Mon	1권 1부 1편 어느 집안의 역사 1. 표도르 파블로비치 카라마조프 2. 장남을 쫓아내다 3. 두 번째 결혼과 두 번째 아이들 4. 셋째 아들 알료샤 5. 장로들	〃그곳에서 진리를 터득하게 되면 그땐 여기와서 좀 이야기나누자꾸나. 저 세상이 어떤 것인지를 제대로 알면 저곳에 가는 것도 어렵든 좋더 수월하지 않겠니. (…) 정말로 이 지상에서 나를 비난하지 않을 사람은 오직 너뿐이거든. 그런 느낌이 드는구나〃
10 Tues	1부 2편 부적절한 모임 1. 수도원에 도착하다 2. 늙은 어릿광대 3. 믿음 깊은 아낙네들 4. 믿음이 약한 귀부인	민중에게는 말없이 끈덕지게 참아온 괴로움이 있다. 그것은 자기 속에 싱겁게나 숨긴다. 하지만 가슴이 찢어질 것만 같은 괴로움도 있다. 그것은 일단 눈물과 함께 터져 나오면 통곡으로 변한다. 여성들 에게서 특히나 그렇다. (…) 통곡이란 이처럼 가슴의 상처를 짓궂 더 벌리고 찢어놓음으로써, 오직 그렇게 함으로써만 달랠 수 있는 것이다
11 Wed	5. 아멘, 아멘! 6. 저런 인간은 도대체 왜 살까! 7. 신학도 출세주의자 8. 스캔들	지금은 당신도 잡지에 논문을 싣기도 하고 사교계 명망에서 논쟁을 벌 이기도 하면서 정력을 놀이 삭아줄게로 있지만, 자신은 논리를 스스로 믿지 않으니 마음 속에 고통을 안은 채 속으로는 그것을 비웃고 있는 것이 겠지요. (…) '고뇌를 괴로워할 능력을 가졌습니까.'
12 Thur	1부 3편 호색한들 1. 행랑채에서 2. 리자베타 스메르자쉬야 3. 열렬한 마음의 고백. 시의 형식으로 4. 뜨거운 마음의 고백. 일화의 형식 5. 뜨거운 마음의 고백. '곤두박질'	〃벌레여, 벌레여, 굴욕속에, 지금도 굴욕 속에 빠져있노라 인간은 이 지상에서 너무 많은 것을 참아야 하구나. 너무도 많은 불행을! 내가 고객 코냐이나 마셔도 방황을 일삼는 장교 따위로 단생을 불과하다고 생각지 말아주렴. 동생아, 나는 거의 오직 이것만을, 이 곤충에 젖은 사 람만을 생각한단다. 다만, 내가 지금 거짓말을 하는 게 아니라면 말이다
13 Fri	6. 스메르쟈코프 7. 논쟁 8. 코냑을 마시면서 9. 호색한들 10. 두 여인이 한자리에 11. 또 하나의 훼손된 명예	〃그의 가슴은 사랑으로 불타올랐으며, 한순간이나마 저곳, 시녀에게 있으면서 자신이 이 세상에서 그 누구보다 높이 중엄 하는 분을, 그런도 수도원의 침상에 낮게라도 놓을 수 있었다며 스스로를 씁쓸하게 자책할수 있었다. (…) 짧을 자기 전에, 그는 울음 끝에 모아졌던 기도였다. 그는 하느님에게 자신의 혼란스러운 혼소하게 해달라고 부탁하지 않고 그저 기쁨 가득한 감동을... (…)
14 Sat	2부 4편 파열들 1. 페라폰트 신부 2. 아버지의 집에서 3. 초등학생들과 어울리다 4. 호흘라코바 부인의 집에서	〃수도승은 원가 다른 사람이 아니라, 그저 온세의 모든 사람이 응당 되어야 할 그런 사람에 불과하기 때문입니다. 그때에야 비로소 우리의 마음은 통화를 오르도 무한한 우주적인 사랑에 취하게 될 겁니다. (…) 약독한 자 앞에서서 오만하게 굴지 말 것이며, 위대한 자를 앞에서도 오만하게 굴지 마십시오.
15 Sun		
16 Mon	5. 거실에서의 파열 6. 오두막에서의 파열 7. 그리하여 신선한 공기를 마시며	〃도대체 내가 이런 음제에 대해서 아는게 무가가 있을가, 이런 일 을 내가 이약이할 자격조차 있단 말인가? (…) 이 모든 일이 진실한 마음에서 한 것이기는 하지만, 앞으로는 좋더 현명해져야겠어

• 그림2 《카라마조프가의 형제들》 리딩 플래너 예시

다 다른 사람과 같이 하면 에너지가 더 생기고 동기부여도 되잖아요. 운동하면서 달라진 몸과 마음 상태, 건강을 유지하는 식단도 공유하고요. "오늘은 왜 운동하러 안 왔어?" 하는 동료의 말에 게으른 몸을 일으켜보기도 합니다.

마찬가지로 책도 함께 읽으면 자극을 받게 돼요. 읽은 책에 대한 의견과 감정을 나누며 독서 지평이 한층 넓어지고요. 좋은 책을 서로 추천하고, 책 읽기 좋은 장소나 새로 생긴 동네 서점을 소개하며 독서에 즐거움을 더합니다. 책 한 권을 완독했을 때, 책 친구들의 축하를 받는 기쁨도 있습니다. 그 책이 벽돌책이라면 더할 나위 없는 기쁨과 뿌듯함을 느낄 수 있겠지요.

여러분도 올해는 마음 맞는 사람들과 벽돌책 읽기에 도전해보세요. 그러려면 지금 당장 벽돌책을 사야겠지요? 완독하지 않아도 일단 구비해두면 최소한 호신용으로 쓸 수 있을 겁니다!

마음이 맞는 사람들과 함께 읽고 공유하세요.

도전하고 싶은 벽돌책 한 권을 지정해, 같이 읽을 사람을 모집해봅니다.
한 권의 독서 기간은 한 달이든, 6개월이든 좋습니다. 매일 같은 분량을 읽
으며 감상을 나눠보세요.

안목을 기르기 위해

책 한 권 잘 골랐을 때 얻는 것들

얼마 전 비트코인에 소액을 투자했습니다. 주식이나 펀드에는 영 관심이 생기지 않았는데 비트코인을 향한 저의 애정은 좀 달랐어요. 만일 뉴스 기사나 유튜브 영상을 보면서 비트코인을 투자 대상으로만 인식했다면 별 관심을 두지 않았을 텐데 말이죠.

제가 비트코인에 관심을 갖게 한 촉매제는 다름 아닌 책이었습니다. 화폐의 역사가 어떻게 흘러왔는지 일목요연하게 정리한 《화폐혁명》이라는 책을 읽다 보니 비트코인을 비롯한 암호 화폐가 기존 금융 시스템을 보완해줄 새로운 화폐로 여겨졌어요. 물론 이에 대한 여론은 여전히 분분하지만, 저는 암호 화폐의 등장을 응원하는 쪽에 서게 되었습니다.

세상을 보는 관점을 넓혀주는 독서

20세기 초반부터 현재까지의 화폐 역사를 다룬 《화폐혁명》에는 비트코인이 등장하게 된 배경과 그 창시자에 관련된 이야기가 나옵니다. 많은 분이 아시는 것처럼 비트코인은 '사토시 나카모토'라는 미지의 인물이 개발한 암호 화폐죠.

그가 누구인지 아직 밝혀지지 않았지만 반골 기질이 다분한 사람인 것 같았어요. 그는 곳간의 곡식처럼 차곡차곡 모아둔 소시민들의 현금이 하루아침에 금융자본 세력에 의해 휴지 조각이 되는 현상에 분개한 사람, 달러가 지배하는 세계경제 통화와 화폐 거래의 프라이버시를 침해하는 금융 시스템에 반감을 가진 사람이었습니다. 암호 화폐의 핵심 가치는 '탈중앙화' '탈금융화'로 요약할 수 있어요. 컴퓨터 하나로 세계 금융 경제의 기반을 흔들다니, 너무 멋진 상상인 것이죠.

그래서인지 제게 암호 화폐는 인터넷이나 스마트폰에 버금가는 혁명적인 발명품처럼 여겨졌습니다. 금융 시스템을 이용하지 못하던 개발도상국 사람들, 중동 국가의 여성도 암호 화폐를 사용해 금융 평등을 이루겠다는 의도도 마음에 들었고요.

책을 읽으면서 격변하는 화폐 역사의 흐름 안에서 방관자가 되기보다 참여자가 되고 싶다는 생각을 했던 것 같아요. 개인적으로는 호주에 살면서 한국에 있는 은행과 금융거래를 할 때 여러모로 불편한 점이 많아요. 암호 화폐 플랫폼이 생기면 보다 저렴한 수수료로 빠르고 안전하게 이용할 수 있다는 점도 기대가 되더라고요.

아무튼 저는 암호 화폐라는 새로운 발명품이 세상을 좀 더 나은 길로 인도하길 바라는 마음으로 응원하듯, 기부하듯 투자했습니다.

비트코인이 처음 만들어졌을 때의 혁명적 가치와 이상과는 다르게 탐욕과 욕망에 따라 변질되는 것은 당연하지만, 암호 화폐의 본질이 오도되고 있다는 사실에 아쉬운 마음이 듭니다.

인터넷에 급하게 쓴 기사가 난무하고 아마추어들의 유튜브 영상 칼럼이 쏟아져 나오는 요즘 시대에는 정확한 정보에 접근하기가 점점 더 어려워집니다. 그럴 때 잘 고른 한 권의 책은 효율적으로 정보를 얻는 데 비교적 유용한 도구가 되더라고요. 저도《화폐혁명》이라는 책이 아니었더라면 비트코인 광풍에 대해 오해만 했을 거예요. 욕심부려 거액을 투자하거나, 탐욕의 장이라고 비판했겠죠. 그러나 책을 통해 현 화폐의 한계를 지적했던 경제학자들의 이론을 공부하다 보니 암호 화폐의 등장이 필연적이라는 생각마저 들더라고요. 암호 화폐에 관한 책을 읽으면서 세계경제의 흐름이나 금융 시스템에 대해서도 자연스럽게 공부하게 되어 좋았고요.

책 한 권 잘 골랐을 때 얻는 것들

책 한 권 잘 만나면 덜 헤매게 되는 것 같아요. 저는 육아를 하면서도 인터넷 검색은 최소화하려고 해요. 검증되지 않은 정보에 휘둘리느라 에너지를 낭비하고 싶지 않으니까요. 궁금한 게 있거나, 우려되는 점이 있으면 신뢰할 만한 전문가의 책 한 권을 정독하거나 전문가를 직접 만나는 쪽을 선택하는 게 좋은 방법이라고 생각해요. 책이라고 해서 언제나 믿을 수 있는 건 아니지만 많이 읽다 보면 최소한 잘못된 정보를 거를 수 있는 안목을 기르게 됩니다.

그뿐만 아니라 책은 스스로 생각하는 힘을 길러줘요. 질문하게 만들고 본질을 사유하게 하죠. 책으로 경제와 금융을 공부하는 동안, 왜 인간은 가난한 노후와 미래를 불안해하고 걱정할까 하는 질문을 하게 됐어요. 가난한 사람은 가난한 대로 부자인 사람은 부자인 대로 왜 사람들은 평생 물질적으로 부족함을 느끼는 걸까 하고요(어쩌면 이것은 인문학도의 병…).

그러다 '부란 무엇인가' 생각해보게 됐어요. 매일 지붕 있는 집에서 쾌적하게 샤워하고 조용히 잠들고 하루 세끼를 든든하게 챙겨 먹는 삶, 매일 산책을 하고 커피를 마시고 주말에는 바다로 공원으로 나들이 갈 수 있는 시간적 여유, 돈을 버느라 사랑하는 사람과 같이 있는 시간을 포기하지 않는 인생, 서점에 달려가 책 한 권 사서 공부하는 지적 호기심, 비트코인에 투자한 돈을 잃어도 절망하

지 않는 심리적 여유가 부자의 인생인 것 같았어요. 그러한 인생은
현재 저의 빈약한 재정 상태로도 충분히 누릴 수 있겠더라고요…
라고 써놓고 보니 경제 공부를 더 해야겠다는 생각이 드네요.

온갖 정보가 쏟아지는 현실에서 여러분은 매 순간 어떤 삶의 노
선을 선택하고 계신지 궁금합니다. 혹시라도 아직 갈팡질팡한다면
오늘은 책에서 그 답을 찾아보면 어떨까요. 책을 열심히 읽더라도
투자는 항상 신중히 하시고요!

책으로 유튜브를 대신해보세요.

한 달에 두 번, '유튜브 영상 시청 자제의 날'을 정해봅시다. 그날은 유튜브
에서 얻고 싶은 지식이나 정보, 또는 웃음을 책에서 찾아보는 거예요. 매
달 1일이 되기 전에 유튜브를 대신할 책을 미리 구입해두면 실행력이 더 높
아지겠지요!

책 속에 길이 있을까요?

"다른 사람의 심정이 어떤지 안다는 사람은 다 바보다"*

　　　　　제가 요즘 읽고 있는 《청소부 매뉴얼》이란
단편소설에 나오는 문장입니다. 잠자리에 들기 전 누운 채 이
문장을 소리 내어 되뇌어 보았습니다. 육성으로 읽고 나니 부
끄러운 마음이 들더라고요. 누군가를 위해 마음 아파하고 같
이 울어주는 것은 잠시뿐이고 슬프고 처참한 모습은 외면하며
대부분의 시간을 제 안위와 미래만 걱정하면서 보내고 있으니
까요.

　　수전 손택은 연민이 내 삶을 파괴하지 않을 정도로만 남을

* 루시아 벌린 지음, 《청소부 매뉴얼》, 웅진지식하우스, 2019

걱정하는 기술이라면, 공감은 내 삶을 던져 타인의 고통과 함께하는 태도라고 말한 바 있습니다. 어쩌면 연민을 넘어 공감의 태도를 배우기 위해 책을 읽는 건지도 모르겠습니다.

《청소부 매뉴얼》을 쓴 루시아 벌린 작가는 1936년 알래스카에서 태어났습니다. 광부였던 아버지를 따라 서부 지역과 멕시코 국경 지역을 돌아다니며 유년기 시절을 보낸 그녀는 하층 노동자의 삶과 가까이하며 자랐고 미국 버클리와 오클랜드에서 교사, 전화 교환수 ,병원 사무직, 간호 보조, 청소 등의 육체노동을 하며 생계를 꾸려나갔습니다. 세 번의 결혼과 이혼을 겪으면서 네 아들을 혼자 키웠고 가난과 실업, 낙태와 알코올 중독을 겪으면서도 글쓰기를 포기하지 않았어요. 생계형 글쓰기 노동자였기 때문에 주로 단편소설을 썼다고 알려져 있는데 의도가 어찌 됐든 책에 실린 글은 짧아서 더 강렬합니다. 그녀의 소설을 읽고 있으면 반짝이는 글을 쓰기 위해서는 생을 맹렬히 살아야 한다는 생각이 들어요. 생이 고통스러울수록 글은 빛나는 아이러니가 느껴지기도 하고요.

루시아 벌린의 작품을 완독하고 며칠 후 우연히 영화 한 편을 보게 됐습니다. 국내 최초로 배심원 제도가 도입되던 날의 해프닝을 그린 홍승완 감독의 〈배심원들〉이란 영화였어요. 피고인은 생활고로 인한 친족 살해 혐의로 재판장에 섭니다. 재판단으로서는 국민들의 온 이목이 집중된 부담스러운 상황, 그러나 피고인이 이미 죄를 인정한 상황인지라 편안한 분위기에서 재판이 시작되죠. 그런데 갑자기 피고인이 마음을 바꿔 자신은 무죄라고 주장합니다. 법에 무지한 첫 시민 배심원들에게 유무죄 판결이 달린 난감한 상황이었죠. 신속하게 유죄 판정을 내리려는 재판부와 달리, 배심원들은 한 사람의 인생이 달린 문제의 엄중함을 직시합니다. 밤새워 유무죄를 논의하는 과정에서 초기 수사의 허점을 발견하고 현장 검증을 요청하죠.

논쟁 끝에 배심원들은 사건이 벌어진 임대 아파트를 방문합니다. 배심원 중 한 사람이 낡고 좁은 피고인의 방에서 《세계 명언 365일》이라는 제목의 빛바랜 책 한 권을 발견합니다. 책장 위에는 '최선을 다하면 기적은 일어난다. 헬렌 켈러'라고 적힌 메모가 있었죠. 배심원은 마음이 복잡해집니다. 의수를 낀 채 펜으로 삐뚤삐뚤 기적을 써 내려간 사람이 과연 어머니를 살해했을까. 그 장면을 보고 눈물이 났어요. 우리에게 희망과 용기를 주는 건 수천 권의 책이 아니라, 한 권의 책 속에 들어있는 단 하나의 구절인지도 모르겠다는 생각을 하면서요.

수십 권, 수백 권의 책을 읽으면서도 나와 타인과 세상을 이해하기란 결코 쉽지 않은 것 같습니다. 하지만 성실하고 치열하게 삶을 사는 사람에게는 분명 길을 보여주는 것 같아요.

책을 읽으며 오늘도 수십 개의 밑줄을 그었습니다. 다시 살펴보니 의미 없이 줄만 그었다는 생각이 듭니다. 내일은 단 하나의 구절이라도 진심을 다해 밑줄을 그어야겠습니다.

5장

완독 훈련 WEEK 5

읽기가 쓰기로 이어지는
마법을 경험해보세요

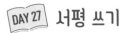 **서평 쓰기**

일기 쓰듯 가볍게 쓰세요

3년 동안 온라인 글쓰기 강의를 진행하며 알게 된 사실이 있습니다. 책을 좋아하시는 분은 대개 글을 잘 쓰고 싶다는 바람, 언젠가 출간 작가가 되고 싶다는 바람을 남몰래 품고 있다는 점이었어요.

결코 불가능한 꿈은 아닙니다. 여러분도 저처럼 해낼 수 있어요. 읽는 독서에 이어, 오늘부터 알려드릴 '쓰는 독서'를 훈련하신다면요.

책을 많이 읽으면 누구나 글을 잘 쓸 수 있을 것 같지만 반드시 그렇진 않습니다. 축구 팬이 모두 축구를 잘하는 건 아니잖아요. 관중석에서 관람하는 것과 직접 경기장에서 뛰는 것은 천지 차이죠. 그렇다고 해서 책을 읽지 않아도 글을 잘 쓸 수 있다는 말은 아닙니다. 글에 드러난 어휘력과 문장력, 시선과 관점을 보면 독서량뿐 아니라 어떤 종류의 책을 읽고 있는지도 가늠할 수 있으니까요.

결국 글을 잘 쓰려면 책도 가급적 많이 읽고 쓰는 훈련을 해야 합니다.

작가가 되고 싶다면 서평 쓰기부터

이제 막 글쓰기를 시작한 분들은 소재 선택을 가장 어려워합니다. 그럴 때 저는 서평 쓰기를 추천해드려요. 글이란 글감과 나 사이의 일종의 물리, 화학작용의 결과거든요. 나와 타인, 나와 세상이 교감하는 동안 일어나는 물리적, 화학적 방정식을 내가 가지고 있는 언어로 표현하는 게 글쓰기라고 생각합니다. 가만히 앉아서 컴퓨터 화면만 본다고, 내 마음만 들여다본다고 해서 영감이 떠오르는 것이 아니에요. 연구실의 과학자처럼 나와 나를 둘러싼 물질적 세계의 반응을 마음이라는 현미경으로 잘 들여다봐야 아이디어가 떠오릅니다. 이 관찰의 과정이 익숙하지 않을 때 책은 매우 좋은 수단이 되지요.

글을 쓰기 전에 우선 여러분의 서평을 읽을 독자를 떠올려봅니다. 독자들은 여러분이 쓴 글에서 무엇을 기대할까요? 반대로 여러분은 어떤 서평을 공들여 읽으시겠어요? 최소한 줄거리 요약만 가득한 글은 아닐 겁니다. 의외로 많은 분이 책 내용을 기억하기 위해 서평 중 3분의 2를 줄거리 요약으로 채웁니다. 이럴 때 차라리 내용을 잊어버리라고 권유하고 싶습니다. 너무 피곤하고 비효율적인 작업이라고 생각해요. 읽는 사람도 지루하고요.

모든 내용을 기록하려 하기보다, 그 책을 설명할 수 있는 한두 줄 내지는 한 문단 정도의 요약이면 충분합니다. 단, 그 요약에는 자신의 관점이 포함되어야 해요. 10일 차 '메모하며 읽기' 편에서 제가 《총, 균, 쇠》 내용을 정리한 부분을 참고해보세요. 저는 그 책을 '현재 백인들이 누리고 있는 특권의 기원을 찾아가는 책'이라고 요약했죠. 20일 차 '발견 독서법' 편에서 《카라마조프가의 형제들》을 '카라마조프가의 셋째 아들이자 견습 수도사인 알료샤의 속세 체험기'라고 요약했고요. 책 내용 중 어디에 방점을 두느냐에 따라 요약 내용은 천차만별일 수 있는 거예요. 그래서 책 한 권을 자세히 요약하는 것보다 짧은 문장으로 정리하는 게 훨씬 어렵습니다.

내친김에 지금 당장 여러분이 완독한 책 내용을 두 줄로 설명해보세요. 쉽지 않을 겁니다.

여러분의 서평을 읽을 독자들은 책 내용보다 감상을 더 궁금해한다는 점을 염두에 두고 쓰면 훨씬 괜찮은 글이 나올 거예요. 여기에 책이나 작가와 관련된 새로운 정보와 지식을 제공하면 보다 유용하겠지요. 간단한 서평 쓰기 트레이닝에 들어가보겠습니다.

서평 쓰기 ❶
줄거리는 짧게, 작가 정보를 활용하세요

책의 내용을 장황하게 설명한 글은 독자를 지루하게 만듭니다. 줄거리 요약보다는 여러분만의 시선이 담긴 감상을 쓰는 데 초점을 맞추세요. 독자들은 신선하고 독창적인 글을 좋아합니다. '이 책을 이런 관점으로도 볼 수 있구나!' 하는 인사이트를 줄 수 있어야 합니다. 감상을 표현하기 어렵다면 책이나 작가와 관련된 유용한 정보를 제공해도 좋습니다. 독자가 재미나 지식, 둘 중에 하나를 얻어갈 수 있도록 글을 써봅니다.

✔ **여러분이 완독한 책의 줄거리와 감상을 짧게 요약해봅시다.**

예시 김초엽의 《방금 떠나온 세계》는 시공간을 초월한 따뜻한 이별 이야기였다. 용감하게 떠나고, 겸허하게 남겨지는 사람들의 이야기이기도 했다. 어떤 관계는 이별함으로써 더 단단하게 완성된다는 걸 소설을 읽으며 깨달았다. 이해할 수 없는 서로를 이해하려 애쓰다 상처만 남는 경우가 얼마나 많은지. 인간관계가 어렵다 느낄 때마다 읽어보고 싶은 책이었다.

✔ **책이나 작가와 관련된 새로운 정보를 조사해 적어봅니다.**

예시 아룬다티 로이는 《작은 것들의 신》이라는 아름다운 소설을 쓰기도 했지만 소득 불평등이나 환경문제, 정부 부패에 목소리를 내는 논픽션을 더 많이 쓴 작가다. 《9월이여, 오라》라는 그의 정치 평론 모음집을 읽어보면 작가로서 사회운동가로서 어떤 태도와 시선을 가지고 있는지 더 분명하게 알 수 있다.

서평 쓰기 ❷
책과 내 이야기가 만날 접점에 주목하세요

학교 다닐 때 독후감 숙제를 하라고 하면 책을 읽게 된 동기, 줄거리, 느낀 점 순서로 써나간 기억이 납니다. 습관이 무섭다는 말처럼, 성인의 독후감도 대개 이 틀에서 벗어나지 않는 것 같아요.

14일 차 '소신 독서법' 편에서 책 내용과 나의 교집합을 찾아 창의적인 발상을 끄집어내라고 조언해드렸던 것처럼 서평도 소신 있게 쓰는 게 중요합니다. 너무 어렵다고요? 그렇지 않아요. 서평을 쓰기 전에 다른 사람의 감상을 되도록 읽지 않고, 독서를 할 때 일어난 여러분의 감정과 생각에 집중해보세요. 마음에 없는 걸 쓰려고 하면 어렵고 괴롭습니다. '잘 써야지' 하는 마음을 내려놓고 그 책이 여러분 마음에 어떤 파동을 일으켰는지 자세히 관찰한 뒤, 본대로 쓰면 쉬워요.

가령 《신데렐라》를 읽고 서평을 쓴다고 가정해봅시다. 첫 문장을 어떻게 쓰고 싶으세요? 틀에서 벗어나지 않는 서평은 이렇게 시작해서 끝맺을 확률이 높습니다.

> **읽은 동기** 워낙 유명한 책이라 읽어봐야지 생각만 하고 있다가 드디어 읽어보았다.
> **줄거리 요약** 신데렐라는 어려서 부모님을 잃고요. 계모와 언니들에게 꿀밤을 맞았더래요. 샤바샤바….
> **느낀 점** 인간은 역시 착하게 살아야 복을 받는다.
> **뜬금없는 추천사** 로맨스와 해피엔딩을 좋아하는 사람에게 이 책을 추천한다.

　정형적인 틀에서 벗어나는 방법은 간단합니다. 내 이야기를 쓰는 거예요. 그러면 애쓰지 않아도 개성 있고 창의적인 글을 쓸 수 있다고 생각합니다.

　책을 읽다가 생각난 에피소드는 무엇이라도 서평의 소재로 메모해두세요. 신데렐라가 흘리고 간 유리 구두 한 짝을 보면서 추억이 담긴 나의 신발 이야기를 슬쩍 꺼내볼 수도 있고, 궂은 집안일을 묵묵히 하는 신데렐라의 모습을 떠올리며 고생 많았던 엄마나 할머니 이야기를 써볼 수 있을 거예요. 신데렐라를 괴롭히는 새엄마와 의붓언니의 심리를 분석해볼 수도 있겠고요. '신데렐라를 쓴 작가는 누구인가' '신데렐라의 아버지는 뭐 하는 사람인가' 하는 궁금증에서 글을 시작할 수도 있고 신데렐라에 담긴 구시대적 발상을 전환해 새로운 버전의 신데렐라를 써보는 것도 좋겠네요.

엉뚱한 이야기로 흐를수록 좋아요. 책과는 별 상관이 없어 보이는 나의 이야기가 책 내용과의 연결 고리를 스스로 찾을 거예요. 다음은 사적인 이야기로 시작한 《신데렐라》 서평 예시입니다.

✔ 서평 예시: 《신데렐라》, 저자 미상

줄거리 요약 동화 《신데렐라》는 고아인 신데렐라가 새엄마와 의붓언니의 모진 구박을 받으며 살다 왕자와 사랑에 빠져 신분 상승하는 이야기로 알려져 있다.

내 이야기 어릴 때 그토록 재미있게 읽었던 《신데렐라》가 애초에 존재하지 않았다면 어땠을까 하고 상상해볼 때가 있다. 그랬다면 언젠가 '백마 탄 왕자'가 짠 하고 나타나 프러포즈를 한 뒤 그의 왕국으로 데려다줄 거라는 꿈을 꾸지 않는 소녀로 자라지 않았을까.

어린 나의 우상이 백마 탄 왕자가 아니라 백마 탄 공주였다면 덜 수동적인 연애를 했을지도 모른다. 누군가 먼저 내게 다가와주기를, 나를 사랑해주기를 기다리지 않고 내가 직접 백마에 올라타 용맹하게 사랑에 달려드는 사람이 됐을지 모르는 일이다. 예뻐 보이려고 겉모습을 애써 치장할 필요도 없었을 것이다. 꾸밈없는 그대로의 모

습으로 당당하게 나서서 좋아하는 사람에게 적극적으로 대시할 수
도 있지 않았을까.

지난날의 내가 신데렐라의 화려한 드레스와 유리 구두를 꿈꾸느라
'백마 탄 공주'의 꿈을 꾸지 못한 게 마냥 아쉽다….

서평 쓰기 ❸
일기처럼 쓰세요

사실 저는 '서평'이라는 말 대신 '독서 일기'라는 말을 선호해요.
그래야 좀 더 가벼운 마음으로 부담 없이 쓸 수 있거든요. 형식에
구애받지 않고 읽은 책을 떠올렸을 때 생각나는 그 무엇이라도 써
봅니다. 책에 대해 쓴다고 생각하기보다, 책 읽은 하루에 대해 쓴다
고 생각하면 이해하기 쉬울 거예요. 17일 차에 설명한 '경험 독서
법'을 참고하시면 독서 일기를 쓰는 데 도움이 되실 거예요. 다음
은 김애란 소설가의 산문집《잊기 좋은 이름》을 읽고 쓴 독서 일기
예시입니다.

✔ 독서 일기 예시:《잊기 좋은 이름》, 김애란 지음

《잊기 좋은 이름》을 읽었다. 김애란 소설가의 글을 읽고 있으면 졸
업한 지 10년도 넘은 대학의 도서관이 떠오른다. 싸이월드에 다이

어리를 쓰며 포도알 모으는 것으로 미래를 외면하던 시기, 종잡을 수 없는 인생의 면모를 적당히 모르던 시기, 시간은 많은데 무얼 해야 할지 몰라 발길이 초조한 시기에 자주 찾던 공간이었다. 책을 읽으러 가기보다 책에 둘러싸여 있기 위해 도서관에 갔다. 서가를 둘러보며 어떤 책이 꽂혀 있는지 보는 것만으로도 좋았다.

김애란 소설가의 책을 알게된 것도 그 무렵이었다. 책 냄새를 맡으며 서가를 배회하다 《침이 고인다》와 《달려라, 아비》를 만났다. 분명 여러 번 읽은 책인데 무슨 내용이었는지 생각이 잘 나지 않는다. 그러나 자동 대여기에 책에 붙은 바코드를 찍던 순간은 선명하게 기억난다. 기숙사 로비에서 2,500원짜리 도시락을 먹으며 그 책들을 읽었던 것도 생각난다. 인상 깊은 책의 문구를 감성적인 사진과 함께 싸이월드에 업로드하기도 했다. 나의 내면 상태를 지인들에게 은밀하게 보여줄 수 있는 방법이었다. 책을 반납하러 가는 길에 도서관 1층 커피 자판기에서 율무차를 뽑아 마셨다. 나는 항상 연체료를 내는 대출자였다. 책을 잃어버려 새 책을 사서 반납한 적도 있었다. 이런 것들은 생생하게 기억난다. 기억나지 않는 것은 오직 두 소설의 내용이다. 무슨 내용이었는지 잊어버릴 책을 나는 왜 읽고 또 읽는 걸까. 그러다 《잊기 좋은 이름》에서 '잊기 쉬운 책'의 의미를 알려주는 문장을 만났다.

"어쩌면 그것들은 영영 사라진 게 아니라 라디오 전파처럼 에너지

형태로 세상 어딘가를 떠돌고 있지는 않을까."*

기억하지 못하는 무수한 책이 내면의 서가에 저장되어 있을 거란 막연한 예감이 들었다. 누군가에게 독서라는 행위가 쓸모없어 보이겠지만 에너지처럼 보이지 않는 물질로 저장되어 새로운 형태로 전환되고 있는지도 모른다. 그리하여 의식하지 못하는 순간에 ─ 마트에서 물건을 고를 때, 소셜 미디어에 접속할 때, 저녁 밥상을 차릴 때 ─ 생각하고 행동하는 동력이 되는 게 아닐까.

풍선에 바람이 빠지듯, 《잊기 좋은 이름》의 내용도 기억 속에서 서서히 쭈그러들고 있다. 다만 한 문장 한 문장이 너무 좋아 한 줄 한 줄 아껴 읽던 시간, 잠자려다 벌떡 일어나 스탠드를 켜고 좋았던 문장을 다시 한번 되뇌던 밤의 기억은 잊히지 않을 듯하다.

어떤가요? 서평이나 독후감보다는 한결 가볍게 쓸 수 있겠죠! 그럼 지금 바로, 여러분이 완독한 책에 대한 글을 직접 써볼까요?

---

* 김애란 지음, 《잊기 좋은 이름》, 열림원, 2019

앞서 배운 3가지 방법을 토대로 서평을
간단하게 써보세요.

1. 장황한 줄거리 요약보다 나만의 관점이 담긴 감상에 초점을 맞춥니다.

2. 책을 읽다 떠오른 나의 경험담을 글에 녹여봅니다.

3. 서평보다는 독서 일기를 쓴다는 마음으로 가볍게 씁니다.

DAY 28 필사하기 ①

문장을 고이고이 마음에 심는 법

오늘은 여러분의 독서를 더 즐겁게 만드는 필사 노트에 관한 이야 기를 해볼까 합니다. 필사란 간단히 말해 '책 속 문장을 따라 적는 것'을 말합니다. 책 한 권 전체를 필사하기도 하고, 좋아하는 한두 문장만 메모하듯 적기도 해요. 필사도 3년쯤 하다 보니 저만의 노 하우가 쌓여서 반쯤은 직업이 되었습니다. 끈기와 인내심이 없던 저였는데 필사 덕분에 꾸준한 사람이 되었고요. 다른 일을 할 때도 쉽게 포기하지 않게 되었습니다.

유튜브 채널을 운영하면서 왜 필사를 하냐는 질문을 가장 많이 받았습니다. 가장 큰 이유는 재미있기 때문이에요. 제가 진행하는 온라인 필사 모임 이름도 〈재밌어서 씁니다〉입니다. 최대한 목적

없이 취미를 즐기려 합니다. 목적이 끼어들면 성과를 기대하게 되고, 그러면 금방 싫증이 나거나 흥미를 잃기 쉽거든요. 목표를 까맣게 잊어버리는 걸 목표로 삼다 보면 오히려 예상하지 못했던 결실을 얻기도 합니다. 저 혼자 책 읽고 필사를 하며 놀던 멍석에 다른 분들이 동참하게 된 것처럼요. 진심으로 관심과 흥미를 느끼고 열정을 투자하면 좋은 결과는 저절로 따라온다고 믿습니다. 어떤 결실을 맺는지는 사람마다 다르겠지요.

손글씨의 매력에 빠지게 됩니다

저는 필사를 통해 손글씨의 매력을 알게 됐어요. 손으로 글씨를 써보면 아실 거예요. 손가락만 움직이는 게 아니라 전신을 활용한다는 걸요. 그 점에서 필사는 운동과 비슷하다는 생각이 들었습니다. 만일 여러분이 우울을 겪고 있어서 운동이 시급한데, 밖에 나갈 기운도 없다면 필사를 더 강력하게 추천합니다. 손가락부터 움직여보는 거예요. 몸을 움직이면 마음은 저절로 고요해집니다.

그뿐만 아니라 손글씨를 꾸준히 쓰다 보면 필체도 예쁘게 바뀌더라고요. 글씨체를 단정하게 하고 싶은 분들에게도 필사를 추천합니다. 생각 없이 꾸준히 쓰다 보면 저절로 필체가 좋아져요. 신기한 일이죠. 손글씨에 취미를 붙이다 보면 노트, 펜, 만년필, 잉크, 문진,

독서대, 스티커 같은 각종 문구류에도 관심이 생깁니다. 하나의 취미에서 확장된 또 다른 취미는 일상에 활력을 주고요.

숙독의 기쁨을 알게 합니다

두 번째로 필사를 하면서 멈춰 서는 법, 천천히 흐르듯 사는 법을 배울 수 있었습니다. 책을 눈으로 속독하다 보면 문장의 의미나 아름다움을 놓치는 경우가 생깁니다. 한 글자씩 천천히 베껴 쓰다 보면, 내가 책을 제대로 읽은 게 맞나 싶을 정도로 많은 걸 놓쳤다는 걸 깨닫게 돼요.

필사는 서둘러 책장을 넘기는 독서의 발걸음을 늦춰줍니다. 마치 앞만 보며 빠르게 걷다가 속도를 늦추고 잠시 멈춰 서서 길가에 핀 꽃의 모양도 살펴보고, 냄새도 맡아보고, 꽃을 바라보는 내 마음도 들여다보는 일과 같아요. 저처럼 책을 읽는 도중 잠시 멈춰 필사를 하시는 것도 좋고, 독서의 흐름을 깨고 싶지 않을 때는 미리 책 귀퉁이를 접어두거나 연필로 밑줄을 그었다가 책을 다 읽은 후 한 번에 필사를 하셔도 좋아요.

책 읽은 티를 내도록 도와줍니다

세 번째로 필사는 읽은 책에 대해 말할 거리를 제공해줍니다. 만일 여러분이 에리히 프롬의 《사랑의 기술》을 인상 깊게 읽었다고 가정해봅시다. 누군가 그 책이 왜 좋으냐고 물어본다면 뭐라고 답하시겠어요? 아마 대답하기 쉽지 않을 거예요. 분명 읽긴 했는데 왜 좋았더라, 그제야 생각해보겠죠. 그럴 때 저는 책 속 한 문장만 기억해낼 수 있으면 된다고 생각해요.

저의 독서 노트를 들춰보니 《사랑의 기술》에서 이런 문장을 필사했네요.

■▬▬ '나는 당신을 사랑한다'고 말할 수 있다면 '나는 당신을 통해 모든 사람을 사랑하고 당신을 통해 세계를 사랑하고 당신을 통해 나 자신도 사랑한다'고 말할 수 있어야 한다.*

한 해 전에 읽은 책이라 유감스럽게도 내용이 거의 기억나지 않지만 이 문장을 보니 신기하게도 이 책을 읽었던 때가 새록새록 떠올라요. 누군가 제게 《사랑의 기술》을 읽고 무엇이 달라졌느냐고 물어본다면 이 문장을 빌려 '사랑'이란 개념을 바라보는 시야가 넓

---

* 에리히 프롬 지음, 《사랑의 기술》, 문예출판사, 2019

어졌다고 답하고 싶어요.

당장 내 눈앞에 있는 사람에게만 마음을 나누는 게 사랑이라고 생각했는데, 그 사람으로 인해 인류와 이 세상과 나 자신까지 사랑할 수 있어야 그 사랑이 '찐 사랑'이라는 걸 알게 됐다고요.

책을 읽고 나서 모든 걸 기억하려는 불가능한 시도를 하기보다, 한 장면 또는 한 문장만 생각해낼 수 있어도 좋다고 생각해요. 하지만 그마저도 어려운 일이죠. 반면 노트 어딘가에 적어둔다면, 책 전체를 들춰보지 않아도 언제든 꺼내서 좋아하는 구절을 다시 읽어볼 수 있습니다.

책을 아무리 많이 읽어도 남는 게 없어서 고민이라면 지금 당장 필사를 시작해보세요. 어떤 문장을 베껴 쓰면 좋을지 감이 잘 오지 않는다면 13일 차 '밑줄 독서법'을 참고해서 밑줄 그은 문장을 필사하시면 좋겠습니다.

애착이 가는 필사 노트를 마련하세요.

오늘은 필사용 노트를 한 권 새로 장만해보시는 게 어떨까요? 이왕이면 좀 더 애정을 가질 수 있는 브랜드 노트로 하나 구입하세요. 저는 몰스킨, 로디아, 로이텀, 총 세 권의 노트를 차례대로 사용해봤습니다. 브랜드 노트라고 해서 저렴한 것보다 질이 월등하게 좋다고는 할 수 없지만, 애착이 가는 노트를 사용할 때 끝까지 쓸 확률이 높더라고요.

필사하기②

자기 보존의 예술을 실현하는 법

앞서 필사의 기초에 관해 이야기했다면, 이번에는 필사가 주는 깊고 넓은 기쁨에 관해 이야기해보려 합니다. 필사를 하다 보면 '나'에 관한 내밀한 역사를 기록한다는 느낌이 들 때가 있습니다. 과거에 베껴 쓴 문장을 보며 그 당시 무엇에 관심을 두고 알고 싶어 했는지 유추해보기도 하니까요. 그리고 보면 필사 노트는 타인의 목소리를 빌려 쓴 일기장인지도 모르겠습니다.

오늘 아침, 저는 20세기 3대 전기 작가로 불리는 슈테판 츠바이크의《위로하는 정신》을 읽고 필사를 했습니다. 필사할 문장에 미리 밑줄을 긋고, 펜의 잉크가 번지지 않도록 조심해서 문장을 옮겨 적으며 고요히 하루를 시작했어요. 독서 노트를 쓰면서 전에 없던 차분함과 신중함을 갖추게 됐어요. 필체도 많이 좋아졌죠. 이전까진 스스로 타고난 악필이라 자처하던 저였어요. 그런데 재주란 타고나지 않아도 충분히 계발할 수 있는 영역이더라고요. 내 능력을 섣불리 한정 짓지 않는 방법도 필사를 통해 배워갑니다.

아무튼 저는 책에서 이런 문장을 필사하며, 필사의 또 다른 의미를 발견했습니다.

■■ 몽테뉴는 책에 메모하고 줄을 긋고 마지막에는 책을 다 읽은 날짜와 그 책이 자기에게 준 인상을 적어놓는 습관이 있었다. 그것은 비판도 아니었고 문필 작업도 아니었으며, 그냥 연필을 손에 잡고 하는 대화였다.*

슈테판 츠바이크는 몽테뉴가 책에 메모하고 줄을 긋는 습관을 '연필을 손에 잡고 하는 대화'라고 표현했어요. 그렇다면 그것은 누구와의 대화였을까요. 바로 '나' 자신과의 대화였겠지요.

* 슈테판 츠바이크 지음,《위로하는 정신》, 유유, 2012

소음 속 고요를 만끽하게 돕는 쓰기

30대 후반, 요즘 말로 '조기 은퇴'한 몽테뉴는 자신만의 성에 가서 책 탑을 쌓아놓고 읽었습니다. 여러분들도 한 번쯤 제목을 들어봤을 만한 《수상록》이 바로 여기에서 탄생한 저술입니다. 몽테뉴는 떠오르는 생각을 책에 메모하고 밑줄을 긋고 느낀 점을 적어 넣었는데 여기에는 세속적인 목적이 하나도 없었어요. 성공하기 위해, 똑똑해지기 위해, 자신을 과시하기 위해서도 아니었죠. 그저 스스로를 성찰하기 위해서였습니다.

이를 슈테판 츠바이크는 '자기 보존의 예술'이라고 묘사했는데, 이 말이 너무나 마음에 들어 노트에 적어두었습니다.

몽테뉴가 살던 시대는 종교전쟁으로 온 세상이 광기에 사로잡혔던 16세기 말이었습니다. 르네상스라는 희망은 종교적 이데올로기에 의해 한순간 재가 되었고, 숭고한 휴머니즘은 야만성으로 추락했죠. 서로가 서로를 약탈하고 죽이고 무덤까지 파헤치는 세상에서 몽테뉴는 어떻게든 내면의 인간성을 지키려 했고, 이는 400년 후 세계대전이라는 끔찍한 역사를 통과하며 인류애에 회의를 느꼈던 소설가 슈테판 츠바이크에게 큰 영감을 주었습니다. 암울한 시대 속에서도 진실한 '나'를 발견하는 노력을 멈추지 않았던 몽테뉴의 모습을 보며 슈테판 츠바이크도 살육의 시대를 버틸 수 있었던 거예요.

지금 우리가 사는 시대는 어떤가요. 세상이 많이 나아졌다고는 하지만 여전히 전쟁은 계속되고, 듣도 보도 못한 바이러스가 삶을 송두리째 뒤흔들어놓았죠. 살아남기 위한 경쟁은 더 치열해져서 서로를 다치게 하고요. 어떻게 어려움을 헤쳐나가야 하는지 분별력이 흐릿해져, 약물에 의지하지 않고는 버틸 수 없게 됐습니다. 이런 상황에서 '자기 보존의 예술'을 어떻게 발휘할 수 있을까, 잘 모르겠습니다. 몽테뉴가 자기만의 요새에 들어가 독서와 글쓰기에 몰입할 수 있었던 것은 아버지가 남겨준 어마어마한 유산 덕분이었다는 사실을 떠올려보면 더 모르겠네요.

다만, 제게 한 가지는 분명합니다. 잠들기 전 노트를 펴놓고 필사할 때 진실한 나 자신과 접속할 수 있다는 것. 어쨌든 그때만큼은 숨통이 트이니까요. 내 손으로 꾹꾹 눌러쓴 문장을 보며 한 줌의 위로를 얻을 수 있으니까요. 단 한 문장의 필사로 평생을 살아갈 심지를 얻게 될 수도 있습니다.

몽테뉴는 '내가 무엇을 아는가'라는 격언을 적어 서재 천장 들보에 붙여두고 수시로 읽으면서 마음을 가라앉혔다고 해요. 저 또한 아무리 주변이 소음으로 시끄러워도 책을 읽거나 필사를 할 때는 귀에 잘 들어오지 않더라고요.

소음으로 가득 찬 세상에서 호젓하게 앉아 차분함을 유지하며 고요를 만끽할 수 있는 것, 그게 제가 필사를 하는 이유입니다.

'자기 보존'의 예술가가 되어봅시다.

여러분도 몽테뉴처럼 내면을 단단하게 해줄 명언이나 책 속 한 문장을 필사해서 잘 보이는 곳에 붙여두고 틈날 때마다 읽어보세요. 글에는 힘이 있습니다. 참고로 저는 드라마 〈동백꽃 필 무렵〉의 대사를 필사해서 냉장고에 붙여두었답니다.

사유의 완성, '독서 노트' 쓰기

지난번 필사에 관해 이야기하면서 노트 구매를 추천드렸지요. 실행력 좋은 분들이라면 벌써 독서용 노트를 구입하셨을 것 같습니다.

오늘은 필사 노트의 심화 버전을 알려드리려고 해요. 책 속 문장을 단순히 베껴 쓰는 것을 넘어 책에 대한 나의 주관과 생각, 취향과 감각, 개성을 듬뿍 담은 독서 노트 쓰는 방법입니다.

그런데 잠깐! 책 읽을 시간도 없는데 독서 노트는 언제 쓰냐고요? 그런 의문을 제기하실 줄 알고, '15분 독서 노트 쓰는 법'을 먼저 소개하려 합니다. 제가 앞서 알려드린 '메모하며 읽기'를 노트에 정리한다고 생각하시면 이해하기 쉬울 거예요. 우선 다음의 예시를 볼까요?

✔ 15분 독서 노트 예시

《시작의 기술》, 개리 비숍, 웅진지식하우스

• 읽은 날짜 2022년 1월 1일

새해의 시작을 《시작의 기술》과 함께!

• 읽은 장소 스타벅스 광화문점

1년 만에 만나는 친구 H를 기다리는 동안 읽었다.

• 인상 깊은 한 문장 "당신이 갖게 될 거라고 기대했던 삶이 아니라, 지금 당신이 가진 삶을 사랑하라"

• 필사한 이유 미래를 걱정하느라 현재에 집중하지 못한 내 마음에 경종을 울렸다.

15분 독서 노트 첫 줄에는 제목과 저자 이름을 적습니다. 출판사도 적어주세요. 제가 아는 어느 다독가는 좋아하는 출판사의 신간을 항상 주목하더라고요. 독서 습관을 갖게 되면 책을 잘 만드는 회사를 향한 팬심도 생기나 봅니다. 다음으로 책을 읽은 날짜와 장소를 적습니다. 앞서 17일 차 '경험 독서법' 편에서 독서는 책을 읽었던 당시의 경험을 남기게 한다고 설명드렸죠. 날짜와 장소를 적으면 그 경험을 기억하는 데 도움이 됩니다. 마지막으로 인상 깊게 읽은 한 문장과 감상을 적습니다.

15분이면 쓸 수 있는 간단한 노트 작성법이지만, 매일 꾸준히 쓴다면 탄탄한 독서 근육을 기를 수 있을 겁니다.

15분 독서 노트 쓰기에 재미를 붙이셨다면 이번에는 조금 더 디테일한 기록법으로 넘어가보겠습니다. 저는 독서 노트를 기록하는 4가지 유형의 사람이 있다고 생각합니다. '성실한 모범생'과 '창조적인 모험가' '꾸준한 노력가' '고독한 사색가'입니다. 각 유형에 맞는 쓰기 방법을 알려드리겠습니다. 여러분 스타일에 맞게 작성해보세요.

성실한 모범생형,
책 한 권당 독서 노트 분량을 정해두세요

책을 읽다 보면 책 전체를 통째로 옮겨 적고 싶어질 만큼 취향을 저격하는 책을 만나곤 합니다. 그렇다고 모든 내용을 모조리 필사하다 보면 지치게 됩니다. 여러분이 만일 수업 중 선생님의 말을 토씨 하나도 놓치지 않고 필기하는 성실한 수험생 스타일이라면, 책 한 권당 독서 노트의 분량을 두 페이지로 제한하기를 추천합니다. 그래야 지치지 않고 꾸준히 습관을 유지할 수 있거든요. 분량을 제한하면 진심으로 기억하고 싶은 내용을 선별하는 과정을 거치게 됩니다. 그 과정에서 책을 다시 한번 읽으면서 책을 두 번 읽는 효과를 보기도 하죠.

다음의 사진은 제가 작성한 김연수 작가의 《일곱 해의 마지막》 독서 노트입니다. 저는 페이지의 단을 세로로 나누어 썼어요. 노트를 작성하실 때 꼭 정해진 방향으로 쓸 필요는 없습니다. 세로 노트지만 가로로 써도 되고, 양 페이지를 한 페이지인 것처럼 이어서 써도 좋습니다. 빈 페이지의 공간을 최대한 활용하세요.

《일곱 해의 마지막》은 시인 백석을 모델로 한 소설로, 한국전쟁이 끝난 시기가 배경입니다. 소설의 1부에서는 1957년 러시아에 사는 '벨라'와 1958년 북조선에 사는 '기행'의 이야기가 옴니버스식 구성으로 전개되는데요. 왼쪽 페이지에는 1957년과 1958년의

• 사진3 《일곱 해의 마지막》을 정리한 독서 노트

이야기가 교차로 진행되는 초반부 내용을 기록했습니다. 줄거리를 요약했다기보다 해당 챕터에서 가장 마음에 와닿은 한 문장을 필사했어요.

오른쪽 페이지에는 소설 중반부에 등장하는 중요한 장소 지명을 적고, 그와 관련된 특징적인 묘사 부분을 필사했습니다. 중간중간 그림을 그려 넣기도 했네요. 말씀드렸듯 책 한 권에 대한 독서 노트를 두 페이지 내로 적으려면 책을 한 번 더 들춰보며 문장을 신중하게 고르게 돼요. 이렇게만 적어도 책 한 권 읽고 난 후 느낀 감상과 여운을 충분히 노트에 남겨둘 수 있습니다.

줄거리를 간략하게 요약하고 싶다면 〈사진4〉와 같이 마인드맵

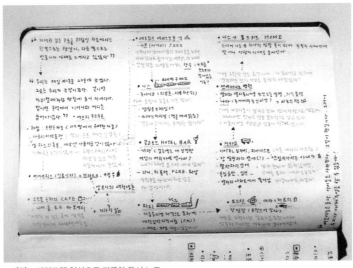

• **사진4** 마인드맵 형식으로 기록한 독서 노트

형식으로 기록해보아도 좋겠습니다. 저는 책이나 영화를 감상하고 나면 등장인물 이름을 잊어버리는 게 특히 아쉽더라고요. 이렇게 인물의 이름과 그가 겪은 사건을 키워드 위주로 기록하면 줄거리를 한 페이지에 충분히 요약할 수 있습니다. 물론 여기서도 핵심은 모든 내용을 쓰려고 하지 않는다는 점이에요.

창조적인 모험가형,
책의 분위기를 살릴 색감을 활용해보세요

문구류를 좋아하고 다이어리를 아기자기하게 꾸미는 걸 좋아하는 분이라면 독서 노트도 같은 방식으로 꾸며보세요. 스티커나 마스킹 테이프 같은 멋진 아이템 없이도 가능한 방식이에요. 영자 신문, 철 지난 잡지 속 그림이나 사진, 그리고 영수증 뒷면의 낙서 메모, 서랍 속에 쟁여둔 종이 포장지 등을 이용해 여러분만의 창의력과 개성을 발휘해보는 겁니다. 펜 외에 물감, 오일 파스텔 등을 이용해 책 표지 그림이나 본문 삽화를 따라 그려볼 수도 있겠습니다. 여기서 포인트는 여러분이 읽은 책의 분위기를 살릴 수 있는 색감과 디자인을 선택하는 거예요.

개인적으로 저는 문구류를 수집하는 취미는 거의 없어요. 노트

한 권과 검은색 펜으로 미니멀하게 노트를 작성하는 걸 선호하지만 가끔 이 '다이어리 꾸미기' 방법으로 독서 노트를 쓰고 싶어질 때가 있어요. 그럴 때 저는 철 지난 잡지를 활용합니다. 잡지 모서리를 긴 직사각형으로 반듯하게 자르면 마스킹 테이프를, 작은 사진이나 글자를 오려 붙이면 감각적인 스티커를 대신할 수 있거든요. 선물 포장지나 봉투의 우표도 잘 모아두었다가 다이어리를 꾸밀 때 재활용하면 좋습니다.

• **사진5** 책의 분위기를 '다꾸' 감성으로 표현한 독서 노트

꾸준한 노력가형,
매일매일, 딱 한 문장만 필사하세요

제가 진행하고 있는 온라인 필사 모임 〈재밌어서 씁니다〉에는 별도의 규칙이 없습니다. 모두가 자유롭게 좋아하는 책을 선택해 적어도 한 문장 이상을 매일 필사하는 걸 목표로 하고 있죠. 처음 시작하시는 분들에게는 한 문장만 쓰기를 권유하기도 해요.

겨우 한 문장이라니, 그쯤이야 식은 죽 먹기 아니냐고요? 결코 그렇지 않습니다. 제 말이 믿기지 않는다면 한번 도전해보세요. 한 문장이 아니라, 독서 노트 자체를 매일 펼치기만 하는 것도 쉽지 않다는 걸 알게 될 거예요.

하지만 여러분이 매일의 작은 노력을 통해 성취감을 느끼는 타입이라면 의외로 '매일 한 문장 쓰기'에 재미를 붙일 수 있을지 모릅니다. 노트 한 페이지를 위클리 다이어리처럼 다섯 칸으로 나누어, 월요일부터 금요일까지 쓸 수 있는 양식을 미리 만들어두세요(주말에는 적당히 쉬어주고요!). 많은 분량을 적을 게 아니니, 노트는 조금 작은 사이즈를 선택해서 노트가 빼곡히 채워져나갈 때의 소소한 즐거움도 느껴보면 좋겠습니다.

제 경우 임신을 하고 배가 점점 나오면서 장시간 앉아서 필기하는 게 어려워질 때 매일 한 문장 쓰기를 목표로 독서 노트를 작성했습니다. 하루 10~15분 정도만 할애하면 되니까 부담 없이 쓰는 습관을 유지하고, 자연스럽게 태교도 됐던 것 같아요. 이런 매일의 습관을 유지하는 관성은 다른 습관을 만들 때도 도움이 됩니다. 개인적으로 임신 후기에 매일 운동하면서 건강한 식단을 챙겨 먹은 힘, 출산 후 '모유 수유'라는 어려운 루틴을 만들어가는 동력이 쓰는 습관에서 오지 않았나 싶어요. 노력은 결코 배신하지 않는다는 걸 믿는 여러분이라면, 지금 당장 매일 한 줄 쓰기를 실행에 옮겨보세요.

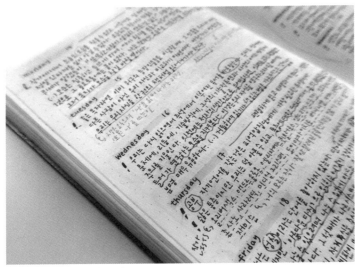

• **사진6** 하루 한 문장씩 적은 독서 노트

고독한 사색가형,
명상하듯 쓰기의 시간을 활용하세요

평소 고독과 사색을 즐기는 분이라면 명상하듯 독서 노트를 써 보세요. 홀로 있는 즐거움이 배가 될 겁니다.

독서 노트를 쓰면 마음이 차분해집니다. 이유는 무엇일까요?

불교에서는 1초에도 수만 가지 잡념과 망상이 오가는 인간의 마음을 길들지 않은 원숭이나 코끼리에 빗대어 설명합니다. 가만있지 못하고 분주하게 움직이는 마음의 속성을 난폭하게 날뛰는 짐승의 행동에 비유한 것이죠. 이런 마음을 다스리는 '사경寫經'이라는 불교의 수행 방법이 있습니다. 말 그대로 경전을 베껴 쓰면서 마음을 지혜롭게 쓰는 연습을 하며 잡념을 제거해나가는 일종의 명상법입니다.

독서 노트 쓰기 역시 비슷한 방법으로 산란한 마음을 하나로 모읍니다. 경전이 아닌 일반 책에도 수많은 지혜가 숨어 있잖아요. 마치 검은 도화지에 볼록렌즈를 대면 사방의 빛이 하나로 모여 종이를 뚫는 것처럼, 독서 노트가 여러분의 산만한 마음을 잠재워줄 수 있을지 모릅니다. 이때 독서 노트 작성은 단순한 재미와 즐거움을 넘어 도를 닦는 일이 되기도 하고요. 홀로 조용한 곳에 앉아 공간의 조도를 낮추고, 아로마 향이나 촛불을 피워두면 훨씬 집중이 잘될 거예요. 잔잔한 명상음악을 배경음악으로 깔아도 좋겠지요.

여기까지 독서 노트 쓰는 법에 대해 간단하게 설명했습니다. 여러분은 어떤 타입인가요? 독서 노트에 대해 더 궁금하신 분은 저의 유튜브 채널youtube.com/c/miryo미료의독서노트과 독서 노트 아카이빙 인스타그램 계정@open_yournote에 오시면 다양한 독서 노트 양식을 참고하실 수 있습니다. 기록과 함께 한층 더 즐겁고 깊이 있는 독서 생활을 즐기시길 바랄게요!

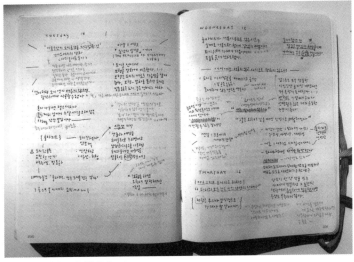

• **사진7** 명상하듯 기록한 독서 노트

읽은 책 리스트를 정리하세요.

완독 챌린지를 성실히 수행하셨다면 읽은 책을 결산하는 시간을 가져봅시다. 한 달 동안 읽은 책이 몇 권 되지 않는다면 3개월이나 6개월 또는 1년에 한 번씩이라도 좋아요. 무엇을 읽었는지 기록하다 보면 새삼 자신의 책 취향도 알게 되고요. 그 기록을 바탕으로 향후의 독서 계획과 목표를 세워볼 수 있습니다.

북튜브 시작하는 법

      30일 완독 훈련 프로젝트! 대망의 마지막 시간입니다. 어떤 책을 몇 권이나 완독하셨는지 궁금하네요. 오늘은 여러분의 독서 습관을 더 단단하게 해줄 노하우, 북튜브 채널을 운영하는 법에 대해 이야기해볼까 합니다. 읽은 책에 대한 기록을 영상으로 남기는 새로운 경험! 생각만 해도 설레지 않나요? 개인적으로 저는 구성작가로 일한 경력이 저의 유튜브 영상을 만드는 데 큰 도움이 됐습니다. 기획과 연출, 편집과 구성에 관한 기본 지식이 있었기에, '독서 노트'라는 차별화된 소재로 다양한 콘텐츠를 제작할 수 있었습니다. 북튜버에 도전해보고 싶지만 어디서부터 시작해야 할지 막막한 분들에게 노하우를 간단하게나마 공유해보겠습니다.

STEP 1 기획 : 나만의 색깔을 드러내는 독서 채널

북튜브를 시작하기에 앞서 여러분은 기획자가 되어야 합니다. 읽은 책을 두서없이 소개하기보다 전문성을 살려 채널 콘셉트를 설정하세요. 채널의 색깔을 분명히 해야 합니다. 영문학과를 졸업했다면 영문학 고전을, 전업주부라면 육아서를 영상 아이템으로 다뤄보세요. 시집을 소개하는 '시 튜브', 국내 소설을 영어로 소개하는 'K-문학 튜브', 동화책을 다루는 '키즈 북튜브'는 어떤가요? 아이디어는 무궁무진합니다.

STEP 2 연출 : 어떻게 보여줄 것인가

그다음으로 여러분은 연출자가 되어야 합니다. 콘텐츠를 어떤 형식으로 다룰지 고민하세요. 혼자 카메라를 보며 책을 리뷰할 수도 있고, 영상, 사진 소스를 이용해서 목소리만 출연하는 방법도 있습니다. 마음 맞는 사람들과 함께 독서 토론하는 형식으로 영상을 만들어볼 수도 있겠네요. 촬영 장소도 중요합니다. 화면 배경에 책이 있으면 북튜버의 정체성을 명확히 보여줄 수 있겠죠. 무엇을 촬영할지 일정표도 미리 만들어봅니다.

STEP 3 촬영 : 시작은 간소하게

처음부터 비싼 장비를 완벽하게 갖추지 않아도 괜찮습니다. 초보 유튜버에겐 스마트폰 한 대면 충분해요. 안정적인 촬영을 위해 2만~3만 원대의 삼각대 정도는 구입하길 권유합니다. 그리고 집에 볕이 가장 잘 들어오는 시간을 활용해 자연광을 실내조명으로 활용하세요. 유튜브는 배워서 한다기보다 하면서 배운다는 태도로 임하는 게 중요합니다. 반년 정도 꾸준히 영상을 촬영하다 보면 무엇이 아쉬운지 스스로 깨닫게 될거예요. 시작은 간소하게! 잊지 마세요!

촬영 세팅이 끝났다면 이제 본격적인 촬영에 돌입합니다. 카메라를 보고 말하는 게 무척 어색하실 거예요. 익숙해질 때까지 촬영 전 리허설을 하거나 대본을 준비해 읽으면 촬영 시간뿐 아니라 편집 시간도 절약할 수 있습니다.

STEP 4 편집 : 가능한 한 쉽고 빠르게!

편집 프로그램인 파이널 컷이나 프리미어 프로를 배우면 좋겠지만 쉽지 않습니다. 도저히 어려워서 못 다루겠다 하시는 분들에게 VVLO라는 스마트폰 앱을 추천드립니다. 누구나 하루면 마스터할 수 있는 직관적인 소프트웨어입니다. 스마트폰으로 촬영한 영상을 스마트폰으로 바로 편집해 유튜브에 업로드할 수 있거든요. 색 보정, 자막 기능도 훌륭합니다. 프로그램에서 제공하는 배경음악도 무료로 사용 가능하고요.

STEP 5 업로드 : 홍보하기

두근두근, 첫 영상을 업로드하는 시간! 그 전에 사람들의 관심을 유도할 섬네일 만드는 걸 잊지 마세요. 해시태그도 꼼꼼하게 작성하고요. 더보기란에 유튜브 외에 운영하고 있는 소셜 미디어 계정, 간단한 인사말 등도 기입합니다. 모두 마치셨나요? 업로드한 영상의 링크를 유튜브 밖에 공유하면 알고리즘에 뜰 확률이 높다고 합니다. 공유할 곳이 마땅치 않다면 저에게 알려주세요! 적극 홍보해드릴게요(소곤소곤).

어떤가요? 머리로는 알겠는데 해봐야 알 것 같다고요?

맞습니다. 북튜버가 되는 1단계는 사실 '어설프더라도 일단 시작하기'입니다. 한 달, 두 달… 1년쯤 하다 보면 여러분만의 노하우가 쌓일 거예요. 꾸준히 하면 반드시 결실을 맺을 수 있다는 점, 꼭 기억하세요.

✦ 이 책에서 소개한 도서 목록

독서법을 설명하기 위해 언급된 모든 책은 저의 삶과 태도를 바꿔놓은 '인생 책'입니다.
여러분의 '책 위시 리스트'에 참고해보세요. 다 읽은 책 또는 읽을 책을 체크박스에 표시하며
읽어도 좋습니다.

☐ E. M. 포스터 지음, 《인도로 가는 길》, 열린책들, 2020
☐ F. 스콧 피츠제럴드 지음, 《위대한 개츠비》, 민음사, 2010
☐ J. K. 롤링 지음, 《해리포터》 시리즈, 문학수첩, 2019
☐ N. K. 제미신 지음, 《다섯 번째 계절》, 황금가지, 2019
☐ P. D. 제임스 지음, 《여자에게 어울리지 않는 직업》, 아작, 2018
☐ 개리 비숍 지음, 《시작의 기술》, 웅진지식하우스, 2019
☐ 개브리얼 제빈 지음, 《섬에 있는 서점》, 문학동네, 2017
☐ 고란·이용재 지음, 《넥스트 머니》, 다산북스, 2018
☐ 공지영 지음, 《우리들의 행복한 시간》, 해냄, 2016
☐ 기시 마사히코 지음, 《단편적인 것의 사회학》, 위즈덤하우스, 2016
☐ 김애란 지음, 《달려라, 아비》, 창비, 2019
☐ 김애란 지음, 《잊기 좋은 이름》, 열림원, 2019
☐ 김애란 지음, 《침이 고인다》, 문학과지성사, 2007
☐ 김연수 지음, 《일곱 해의 마지막》, 문학동네, 2020
☐ 김영하 지음, 《살인자의 기억법》, 복복서가, 2020
☐ 김원영 지음, 《희망 대신 욕망》, 푸른숲, 2019
☐ 김진영 지음, 《아침의 피아노》, 한겨레출판, 2018
☐ 김초엽 지음, 《방금 떠나온 세계》, 한겨레출판, 2021
☐ 나쓰메 소세키 지음, 《마음》, 열린책들, 2022
☐ 니코스 카잔차키스 지음, 《그리스인 조르바》, 열린책들, 2009
☐ 대한성서공회, 《성경》
☐ 데일 카네기 지음, 《데일 카네기 인간관계론》, 중앙경제평론사, 2020
☐ 레프 톨스토이 지음, 《안나 카레니나》, 민음사, 2009
☐ 레프 톨스토이 지음, 《전쟁과 평화》, 문학동네, 2017
☐ 로맹 가리 지음, 《새들은 페루에 가서 죽다》, 문학동네, 2007
☐ 루시아 벌린 지음, 《청소부 매뉴얼》, 웅진지식하우스, 2019
☐ 리베카 솔닛 지음, 《여자들은 자꾸 같은 질문을 받는다》, 창비, 2017

☐ 마크 네포 지음, 《그대의 마음에 고요가 머물기를》, 흐름출판, 2017

☐ 메리 올리버 지음, 《긴 호흡》, 마음산책, 2019

☐ 무라카미 하루키 지음, 《노르웨이의 숲》, 민음사, 2017

☐ 미셸 몽테뉴 지음, 《몽테뉴의 수상록》, 메이트북스, 2019

☐ 미셸 오바마 지음, 《비커밍》, 웅진지식하우스, 2018

☐ 미야베 미유키 지음, 《화차》, 문학동네, 2012

☐ 밀란 쿤데라 지음, 《참을 수 없는 존재의 가벼움》, 민음사, 2009

☐ 버지니아 울프 지음, 《댈러웨이 부인》, 문예출판사, 2006

☐ 서머싯 몸 지음, 《인생의 베일》, 민음사, 2007

☐ 석지현 옮김, 《숫타니파타》, 민족사, 2016

☐ 성미정 지음, 《읽자마자 잊혀져버려도》, 문학동네, 2011

☐ 수잔 콜린스 지음, 《헝거게임》, 북폴리오, 2020

☐ 수지 무어 지음, 《나는 퇴근 후 사장이 된다》, 현대지성, 2019

☐ 슈테판 츠바이크 지음, 《위로하는 정신》, 유유, 2012

☐ 스콧 리킨스 지음, 《파이어족이 온다》, 지식노마드, 2019

☐ 신형철 지음, 《정확한 사랑의 실험》, 마음산책, 2014

☐ 아룬다티 로이 지음, 《9월이여, 오라》, 녹색평론사, 2011

☐ 아룬다티 로이 지음, 《작은 것들의 신》, 문학동네, 2016

☐ 아서 클라인먼 지음, 《케어》, 시공사, 2020

☐ 아서 프랭크 지음, 《아픈 몸을 살다》, 봄날의책, 2017

☐ 앙투안 드 생텍쥐페리 지음, 《어린 왕자》, 인디고(글담), 2015

☐ 앤서니 호로비츠 지음, 《맥파이 살인 사건》, 열린책들, 2018

☐ 에리히 프롬 지음, 《사랑의 기술》, 문예출판사, 2019

☐ 올리버 색스 지음, 《아내를 모자로 착각한 남자》, 알마, 2016

☐ 올리비아 랭 지음, 《외로운 도시》, 어크로스, 2020

☐ 용수 지음, 《대지도론》, 운주사, 2016

☐ 우에노 지즈코 지음, 《여성 혐오를 혐오한다》, 은행나무, 2012

☐ 윌리엄 셰익스피어 지음, 《햄릿》, 열린책들, 2010

☐ 유근자 외 6명 지음, 《부처님의 생애》, 조계종출판사, 2020

☐ 유발 하라리 지음, 《사피엔스》, 김영사, 2015

☐ 은유 지음, 《알지 못하는 아이의 죽음》, 돌베개, 2019

☐ 이다혜 지음, 《아무튼, 스릴러》, 코난북스, 2018

☐ 이서윤·홍주연 지음, 《더 해빙》, 수오서재, 2020

☐ 이원하 지음, 《제주에서 혼자 살고 술은 약해요》, 문학동네, 2020

☐ 장 그르니에 지음, 《섬》, 민음사, 2020

☐ 재레드 다이아몬드 지음, 《총, 균, 쇠》, 문학사상, 2005

☐ 저자 미상, 《신데렐라》

☐ 정세랑 지음, 《시선으로부터,》, 문학동네, 2020

☐ 정유정 지음, 《28》, 은행나무, 2013

☐ 제시카 브루더 지음, 《노마드랜드》, 엘리, 2021

☐ 제인 오스틴 지음, 《오만과 편견》, 민음사, 2003

☐ 제임스 조이스 지음, 《율리시스》, 어문학사, 2016

☐ 조남주 지음, 《82년생 김지영》, 민음사, 2016

☐ 조미정 지음, 《혹시 이 세상이 손바닥만 한 스노볼은 아닐까》, 웨일북, 2019

☐ 조원재 지음, 《방구석 미술관 2 : 한국》, 블랙피쉬, 2020

☐ 조지프 캠벨 지음, 《신화와 인생》, 갈라파고스, 2009

☐ 존 로널드 루엘 톨킨 지음, 《반지의 제왕》 시리즈, 아르테, 2021

☐ 주영민 지음, 《가상은 현실이다》, 어크로스, 2019

☐ 줌파 라히리 지음, 《내가 있는 곳》, 마음산책, 2019

☐ 칼 세이건 지음, 《코스모스》, 사이언스북스, 2006

☐ 크리스토프 바타유 지음, 《다다를 수 없는 나라》, 문학동네, 2006

☐ 토니 모리슨 지음, 《재즈》, 문학동네, 2015

☐ 팀 페리스 지음, 《타이탄의 도구들》, 토네이도, 2020

☐ 표도르 도스토옙스키 지음, 《카라마조프가의 형제들》, 민음사, 2007

☐ 한정원 지음, 《시와 산책》, 시간의흐름, 2020

☐ 할 엘로드 지음, 《미라클 모닝》, 한빛비즈, 2016

☐ 헤르만 헤세 지음, 《데미안》, 열린책들, 2014

☐ 헬렌 레이저 지음, 《밀레니얼은 왜 가난한가》, 아날로그(글담), 2020

☐ 홍은전 지음, 《그냥, 사람》, 봄날의책, 2020

☐ 홍익희·홍기대 지음, 《화폐혁명》, 앳워크, 2018

☐ 황정은 지음, 《일기》, 창비, 2021

30일 완독 책방

2022년 03월 04일 초판 01쇄 인쇄
2022년 03월 15일 초판 01쇄 발행

지은이 조미정

발행인 이규상 편집인 임현숙
편집팀장 김은영
책임편집 이은영 교정교열 이정현
디자인팀 최희민 권지혜 두형주 마케팅팀 이성수 송연화 김별 김능연
경영관리팀 강현덕 김하나 이순복

펴낸곳 (주)백도씨
출판등록 제2012-000170호(2007년 6월 22일)
주소 03044 서울시 종로구 효자로7길 23, 3층(통의동 7-33)
전화 02 3443 0311(편집) 02 3012 0117(마케팅) 팩스 02 3012 3010
이메일 book@100doci.com(편집·원고 투고) valva@100doci.com(유통·사업 제휴)
포스트 post.naver.com/black-fish 블로그 blog.naver.com/black-fish
인스타그램 @blackfish_book

ISBN 978-89-6833-365-1 03800
ⓒ조미정, 2022, Printed in Korea